月亮 在天空

郑小琼——著

孟繁华 张清华/主编

情感共同体
80后作家大系

山东文艺出版社

图书在版编目（CIP）数据

月亮在天空 / 郑小琼著 . -- 济南 : 山东文艺出版社, 2024. -- （情感共同体·80 后作家大系 / 孟繁华, 张清华主编）. -- ISBN 978-7-5329-7196-1

Ⅰ . I227

中国国家版本馆 CIP 数据核字第 2024P9Q038 号

月亮在天空
YUELIANG ZAI TIANKONG

郑小琼　著

主管单位	山东出版传媒股份有限公司
出版发行	山东文艺出版社
社　　址	山东省济南市英雄山路 189 号
邮　　编	250002
网　　址	www.sdwypress.com
读者服务	0531-82098776（总编室）
	0531-82098775（市场营销部）
电子邮箱	sdwy@sdpress.com.cn
印　　刷	肥城源盛印刷有限公司
开　　本	620 毫米×1000 毫米　1/16
印　　张	13
字　　数	170 千
版　　次	2024 年 7 月第 1 版
印　　次	2024 年 7 月第 1 次印刷
书　　号	ISBN 978-7-5329-7196-1
定　　价	49.00 元

版权专有，侵权必究。如有图书质量问题，请与出版社联系调换。

总序
80后：一个情感共同体

孟繁华　张清华

"情感共同体"，是新近兴起的历史学流派——情感史研究的概念。这个历史学研究流派被称为史学研究的新方向，它在考量客观事实的同时，还关注到人的道德、行为、信仰与情感等因素。美国学者苏珊·麦特和彼得·斯特恩斯指出，对情感的研究改变了历史书写的话语——不再专注于理性角色的构造，而情感研究已有的成果已经让史家看到，不但情感塑造了历史，而且情感本身也有历史。当然，研究历史与情感的关系和研究文学与情感的关系，是完全不同的两回事。借助历史研究的"情感共同体"概念，意在说明，这个共同体是一个真实的存在，而并非空穴来风。

将80后作家群体看作一个"情感共同体"，当然也只是一个比喻，一如我们此前将70后看作"身份共同体"一样。任何比喻都是有欠缺的，但可以将比喻对象更形象地呈现出来。另一方面，即便是80后本身，他们也从不同的方面将作家看作一个"共同体"。80后有代表性的批评家杨庆祥，写了《80后，怎么办》一书，引起很大反响，特别是在80后群体中，反响更强烈。张悦然说："十年前80后主要是一种反叛形象，主要写的是叛逆青春,那时候的80后肯定不需要《80后,怎么办》这本书。但是到了现在,变化非常大。我的问题在于,这代人是不是变得太快了一点,好像青春结束得太早了一点,一下子就进入了一种很委顿的中年的状态里面。正是在这样快速的消失当中,我们这一代人需要停下来审视自己。"由此可见,杨庆祥的困惑切中了一代人的思想脉络。他书中提出的问题,比如"失败的实感""历史虚无主义""抵抗的假面""沉默的'复数'""从小资产阶级梦中惊醒""我们这一代没有真正的青春""我依然属于弱势群体""能够受到一些公平的待遇就可以了"等,因有极大的"共情性",而受到了同代人的关注。这是80后内部对"情感共同体"认同的一个佐证。但无论如何,杨庆祥还比较客观。他终究还认为"我们是比50后、60后和70后更幸福的一代人"。这当然是另外一个话题。

在现代社会里,每个人都是当然的单个主体,但每一代人也必定有某种共性,虽然这共性也是被建构和解释出来的。80后的共性是什么?也许很难说清楚,杨庆祥的阐释或许也不能说服所有人。要想为他们找一个最大的"公约数",确乎很难。但是,从某种意义上来说,这一代人有着相似的文化与社会境遇,却是事实。这种境遇在我们看来,或许就是一种历史的"错位感"与"迟到感"。他们成长的阶段,刚好是中国社会迅猛变革与走向市场化的年代,他们的童年与青春时代,经历了中国社会价值观的剧烈转换;而等到他们长成的时候,中国的社会已历经世纪之交,进入了一个阶层逐渐固化、机遇相对减少的时期。相对优越的成长环境、比较早地受到关注,与成年后的某种失落之间的落差,带给了这一代人特有的困惑与迷茫。

从这个意义上,与其说他们是一个"情感共同体",不如说是"经验共同体",只是这样说不够清晰和强烈而已。要想说得有效，而不只是"求正确"的话，那么"情感共同体"是一个必要和不得已的强调。但是须知，在情感体验与情感表达之间，也同样存在着巨大的差异，人的个性差异在文学表达中，尤其有决定性的作用，更何况，人所表达的情感，也未必是他内心感受到的真情实感。所以，从根本上说，即便是同代人，他们的创作也未必在同一个声音频道里。因此，恰是这些相同和差异，一起构成了这代人的整体特征。我们必须承认，现在我们讨论的80后作家，与刚刚出道时的80后作家已经非常不同。对那时的80后作家，社会和文学界都有不一样的看法，比如有的人认为，他们过早地被市场裹挟和被书商包装了，他们没有经历上几代作家所经历的那些制度性的历练，所以在他们之中也就"看不到跟经典写作接轨的作者"。同时还有一种看法，就是他们除了书写个人成长经验之外，很难进行真正的"创作"，对社会问题和社会公共事务还不具备处理的能力。

然而时过境迁，经过十多年的锤炼和努力，以及社会不同方面的合力培育，现在的80后已经蔚为大观，且早已实现了"纯文学"意义上的承前启后，逐渐成熟并走向了文学创作和批评的一线。为了培养文学批评队伍，中国现代文学馆已先后邀请了十余届客座研究员，这些人中的相当一部分是80后，十余届中已有数十人，其规模已足以令人生畏。更有第三届客座研究员，还将他们自己命名为"十二铜人"，显然隐含了自我认同的情感关系。鲁迅文学院多次举办"青年作家高级研修班"，参加者也多为80后。更有专门以培养"文学新锐"为己任的文学刊物或栏目，比如专门举荐文学新锐的《西湖》杂志，以及《人民文学》的"新浪潮"，《十月》的"小说新干线"，《北京文学》的"新人自荐"，《作家》的"处女作"，《天涯》的"新人工作间"，《民族文学》的"本刊新人"，《中国作家》的"新实力"等等，都培养了一大批80后作家。正如80后青年批评家行超所说，最近的这二十年，既是中国社会经济、文化思潮、价值取向发生巨大转变的二十年，也是80后一代从青春期的少男少女成长为家庭支柱和社会中坚力量的二十年。80后一代在生理和精神上的全面成长，必然导致如今的80后文学与此前呈现出若干显见的变化，世纪之交那种与市场需求、商业逻辑等相纠缠的青春文学，已逐渐在他们笔下消失，取而代之的，是在内容、主题、艺术手法等多方面都变得更加成熟、更加复杂的多样性的写作。到今天，在纯文学刊物、出版市场、网络文学等各个文学场域，80后作家都占有重要的位置。而这代人写作历程中所经历的变化，恰恰构成了中国文学在新世纪发展流变的一个面向。

从诗歌领域来看，80后的一代，似乎已经没有当年70后登场时那种明显的策略意识。他们既不急于标张自我文化身份的独异性，也不刻意强调与前代的继承性，在诗风上是相当"稳健"的一代。从社会身份看，他们也主要有两类，一类是"学院派"的，一类是"非学院派"的——隐藏于社会各界与三教九流，但共同点是，文化素养都相对较高。其中"非学院派"的一类在写作上更接地气，像丁成、阿斐、唐不遇，还有女诗人中的郑小琼、李成恩，他们都是现实感非常强的诗人，当然表达个性都各自有鲜明特点；而茱萸、胡桑、严彬、王东东则都属学者型的诗人，有很强的学院背景和诗学素养，他们的写作可以说都非常自信，有从容不迫的气度，既充满知性，同时又不掉书袋，殊为难得。这两类诗人，并没有像"第三代"那样分为"民间写作"和"知识分子写作"，他们几乎已经消弭了这些对立和差异。即使是像郑小琼这种出身底层、从"打工诗人"群体中成长起来的写作者，也体现出良好的素养，也写过许多具有先锋气质的，以及"纯粹植物"意义上的诗歌。

总体上，80后一代的文学评论家、小说家、诗人、散文家，已经全面覆盖当代中国文学的各个场域。为了推动这个文学群体的健康发展，鼓励青年作家创作，我们在编辑"身份共同体·70后作家大系"之后，应出版社之约，不得不继续勉力集合"情感共同体·80后作家大系"，深感使命难违，与有荣焉。但实在说，又恐因为年龄阻隔、代沟之障，对他们的理解和阐释其力难逮，说出外行话来，令方家和晚辈嗤笑。所以，多不如少，与其在这里喋喋不休，不如让读者自去判断。

致敬山东文艺出版社的朋友们，他们高瞻远瞩的文学眼光和情怀令我们感佩不已，也致意80后的青年才俊，他们的积极响应也令我们倍感欣慰。让我们一起努力，继续为中国当代文学的发展添砖加瓦。

是为序。

目　录

总序 80后：一个情感共同体　/　001

辑一：热爱

热爱　/　003

黄昏　/　004

秋天　/　005

独望　/　006

火车　/　007

从生活　/　008

远方　/　009

珍珠　/　010

爱过的　/　011

深夜　/　012

京广线　/　013

睢县姑娘　/　014

雀鸟 / 015

靖州 / 016

郊外 / 017

镜中 / 018

回声 / 019

与鸟交谈 / 020

信 / 021

白鸟 / 022

出料口 / 023

凝视 / 024

雕刻 / 025

光 / 026

凤凰大道 / 027

月亮在垂落 / 028

河南工友 / 029

格尔木工友 / 030

江西工友 / 031

甘肃工友 / 032

星 / 033

迷宫 / 034

相遇 / 035

灰鹭 / 036

夜班 / 037

苍穹 / 038

回响　/　039

美好　/　040

细小的事物　/　041

汉语的机台　/　042

辑二：歌唱

冬日遇鸟　/　045

记忆　/　047

访　/　049

在工业区餐馆　/　051

穿越星宿的针孔　/　052

水在水里　/　054

模具　/　055

螺丝旋转弧度的美　/　056

在深夜，从一根铁钉中寻找　/　057

阳光消解冬天　/　059

被夜哺乳的天空　/　060

分娩　/　061

旧码头　/　063

时令　/　064

龙门吊　/　065

针孔里的远方　/　066

另一个　/　067

白昼似铆钉长驱直入 / 069

消失 / 070

歌唱 / 071

无题 / 072

痛 / 073

灯蛾 / 074

遇见 / 075

漂泊的命运 / 076

隐秘的秋天 / 077

时间 / 078

在黄麻岭的暮色里 / 079

唯有痛经才能唤醒我身体里的女人 / 080

用羽毛缝补破碎的天空 / 081

螺丝的爱情 / 082

九月 / 083

月亮在天空 / 084

石榴 / 086

警示灯 / 088

时间从工业区的皱纹里脱落 / 090

照亮 / 091

诗的节奏 / 092

不完美的事物 / 093

独处 / 094

辑三：发光的事物

另外的工厂　/　097

命名　/　098

剖开　/　099

沙面岛　/　100

南社村　/　101

绳索　/　102

盛开　/　103

门与窗　/　104

梦　/　105

铁桥　/　106

无用之物　/　107

东莞　/　108

长夜　/　109

切割　/　110

黎明　/　111

暮春　/　112

噪音　/　113

雾　/　114

悲伤的事物　/　115

川贵公路　/　116

荔枝林　/　117

阴影　/　118

梦的诗句 / 119

南方小镇 / 120

发光的事物 / 121

穿过 / 122

异乡 / 123

碎片 / 124

铁器 / 125

巷头村 / 126

竹山村 / 127

高英村 / 128

给月亮 / 129

鱼骨的天空 / 130

变迁 / 131

铁路桥 / 132

碎片 / 133

词语 / 134

感恩 / 135

辑四：产品叙事

产品叙事 / 139

黄麻岭 / 141

工业时代 / 142

钉 / 143

铁 / 144

他们 / 145

机器 / 146

生活 / 147

工业区 / 148

零点,雨水 / 149

车间 / 150

加班 / 152

铁 / 153

流水线 / 154

穿过工业区 / 156

在电子厂 / 158

木棉 / 160

颤抖 / 163

铁钉 / 164

剧 / 165

声音 / 167

爱 / 168

色与斑 / 169

深夜三点 / 170

水流 / 171

银湖公园 / 172

给许强 / 173

灯光 / 174

五金厂 / 175

工艺品 / 176

尘世 / 177

车床 / 178

给予 / 180

在桥沥 / 181

在铁具上 / 183

炉火 / 185

蓝 / 186

铁具 / 187

四月 / 188

除了 / 190

辑一：热爱

热爱

我对万物敬畏,热爱
闪亮的炉火,不肯停下来的机台
蜿蜒而去的寒溪,背着行李的外乡人
银盆市场的蔬菜、瓜果、面条,我都赞美它们
我是一个伤感的人,不肯原谅我流逝的青春
它们在黄麻岭的五金厂里撒落
这些细密而脆弱的时光啊,它们像我
卑微却坚强,温暖着身体内的寒冷
我数着我身体内的灯盏,它们照亮
我的贫穷、孤独,照亮我累弯了腰
却不屈服的命运

黄昏

从荔枝林吹来向晚的风,沙沙的衣衫声
一个散学归来的孩子贴着玻璃飞翔
卖苹果的河南人在黄昏的光线里微笑,五金厂的铁砧声
制衣厂绸质的丝巾闪烁、跳动,像女工光鲜明亮的
青春。她们的美丽点亮了工地男工们忧伤的眺望
我站在窗台看见风中舞动的树叶,一只滑向
远方的鸟,我体内的潮水涌动。我想
这时候,在远方一定有一个人将与我相爱
他此时也站在远方的楼台,和我一同倾听黄昏

秋天

万物皆有其时,我却迷恋生与死的永恒
悬而未决的天空,等待归位的月亮与星辰
夏日犹豫不决地离去,秋天固执地降临

独望

斑斓变化的时间为万物涂抹三种颜色
灰的往昔,白的现在,无法确定的未来
没有梦的人在梦中走过,我抬头看见
天空的满月——长存的永恒的孤独

火车

我的体内收藏一个辽阔的原野,一列火车
正从它上面经过,而秋天正在深处
辛凉的暮色里,我跟随火车
辗转迁徙,在空旷的郊野种下一千棵山楂树
它们白头的树冠,火红的果,透出仁爱
与安宁。我知道命运,像不尽的山陵、平原、田野
或者一条弯曲的河流,它们跟在火车后面低低地蠕动
远近的山头站着衣衫褴褛的树木,散淡的不真实的影子
跟随火车行走,一棵、两棵……它站在灰茫茫的原野
我对那些树木说着,那是我的朋友或者亲人

从生活

从生活。折叠的铁片突然张开玻璃和金属的面孔
倾注着整个下午的寂静。落在机台的寂寞
磨损的光线中,我听见体内的钟敲响
当、当、当,它走着……时间的背面

拧紧的铁丝与胶片。我琢磨着生活的含义
每天。听见岁月掉落地下的声音
十年,被摔得粉碎,在集装箱间
在机器指示灯的鸣叫间……接近的生活

在衰老,消瘦。生活……它淡蓝色的舌头
舔着。重复着的日子——我自己的舌头
舔着生活。生锈的铁片在雾气中望着
顺着机台上黯淡的灯,它迷蒙的面孔……闪动

每天正在安静地航行、远逝。机台震颤出
脆弱的爱情,在灰尘与油腻中漂浮着
你手指间的螺母正拧紧金属片
覆盖着冷霜、月光、青春以及生活的真相

远方

去带给我墨绿色希望的远方与城市
它喧嚣繁华的市集,让月亮谦卑的灯火
那里永不凋零的霓虹,玫瑰样的香露
黄色咖啡馆融化无尽黄昏洒下的清辉
火车穿过漫长路途送来疲倦的外乡人
走过广场人群,钟楼声音在悲喜之间
传送许多我陌生的事物,高傲的风景
城市冷漠的面孔,在我的眼前伫立
空虚的日子里,经过不知名的小巷
丰满的红发少女,邻居污秽的油腻
烧烤摊的黑炭带给我不堪的羞辱
郊外的工业区里,我用自己的影子
安慰凝重的夜晚,不再虚度光阴了
要去寻找另外的远方,另外的城市
它们将带给我墨绿色的希望

珍珠

暮色探索着地平线上的星辰与帆船
下午的大海滑落模糊而辽远的海岸线
沿劳累的斜坡——疲倦压弯的树枝
郊外闪亮的寒溪,银盆市场的瓜果蔬菜
道旁树吞下苦涩的星星与灰暗的天空
东南风正孤身深入庄稼地与荔枝林
光线从天空的裂缝中垂临人间
它腐朽在油腻的人间,月亮迎面而来
带给我最明亮的惆怅,生活的苦像进入
蚌肉的沙粒,被时辰分泌物包裹成珍珠
像梦魇的落日穿过毛织厂的机台
它照亮我苦味的疲倦与孤独
暮色呈现的事物:乡愁、郊野、工厂
它无限地延伸,在落日凋零处,黑夜收藏
我锈迹斑斑的贫穷和异乡喧哗的眺望

爱过的

我爱过高傲而忧郁的外省男工,岁月尚未
侵蚀他面孔的清辉,我们固执而愉悦地
分享黄麻岭的天空、月光、暮色中的流云
两个漂泊者在异乡的困顿,迷失于
爱情的温柔、宁静、忠贞,偏执于祠堂、古庙
悲伤蔽日的榕树,荒凉而破败的事物
浑身浸满落日的辉煌,银湖公园寂寞的荼蘼
我爱过郊野凋零的暮春,落花痛苦的欢乐
厂房蹲伏的阴影,从车间飘落铁屑般的夜晚
纷纷扬扬落下,我爱过空旷的凤凰大道
高大的棕榈、路灯,一群拖行李的外省姑娘
她们带着希望与矜持的寂寥,对东莞的眺望
穿过了数千里的路程,她们高傲而迷蒙的
年轻,我爱过她们年轻的忧伤,在贫乏的
异乡,在落日从对街厂房沉沦的瞬间
我跟随余晖照亮的尘世,飘渺而幽暗的背影

深夜

在异乡的日子里,我潜伏在夜晚的深处
眺望满天繁星或月亮,当黑暗漫过窗台
爬满郊外的旷野,注塑车间的白炽灯
像一个老监工站在我的头顶打量着我
我用扳手与钻头将衰老的零部件拧紧
这台三十年前的旧机器边咳喘边转动
似年迈的肺气病患者,有时它将油渍
喷在我的工衣上,有时它会毫不留情
将我们的指头咬断,它禁锢我的青春
把月光摁在油渍的云里,我看见
给我安慰的窗口有一只夜虫扑打翅膀
它扇动伤残的羽翼,消失在夜的深处

京广线

我写着沉重或轻松的梦想、远方
失业时廉价的炒米粉,为逝去时光
添增一缕伤感的暮色,它投影在你
清晰的脸庞,通往南方的火车上
我穿过渝、贵、桂、湘、粤五地
无论是破败的槐树下站,还是辉煌的
郴州站,我都没停留,漂泊中
美好事物注定只是一次伤感的分离
在奔波不定的京广线,我原以为
爱情会融解彼此的孤独与迷茫
它却带给我更伤心迷离的分手

睢县姑娘

天空飘满我使用过的悲伤，黎明倾倒
金属的忧郁与记忆，星星闪烁迷惘
河南女工忧郁的面孔，她颧骨高耸
四肢健壮，铅灰而莫测的通济河道
从平原古镇经过的月亮，《诗经》，植物
她没有背弃的方言与乡愁中的河阳集
在深夜机台上，怀念被岁月抹去的宋国
古老集镇的城寨，抵抗捻军骑兵的祖先
她在地图上寻找南下的车辆，它们经过
湖北、湖南、广东，她混浊如黄河的口音
山间的栗树林、飞鸟，无尽的贫穷
她从铁片上寻找生活的方向，精准的曲线
那些锋利的刀具，那永不回返的寒溪
那通向远方的道路，那被她梦见的荔枝林
那时候，她眺望的是远方、爱情、乡愁
伤残的手指，加班，笨拙而伤感的黎明
宁静而陈旧的黄昏，如今，她习惯了房贷
一日三餐的世俗，灰蒙蒙的城市和社区

雀鸟

消失的天空我遗忘名字的飞鸟
雨水洗净它的翅膀、踪迹
我深爱寂寥的明月与含糊其词的乌云
以及一群在窗台边低鸣的雀鸟
在黄麻岭,万物是易朽的
我在听雨水在机台上腐朽
那从不安分的自动滑杆轻盈得像雨水
落在郊野的树枝以及我的身体上
我在车间剥蚀铁的锈迹,在梦与眺望间
时间生着锈,雨水在雀鸟的羽翼停顿
又降落在我的工号上,我锈迹斑斑的名字
爬满薄薄的工卡、薪水、不眠的加班
在仓库的拐角处,纱布与伤痛的手指
沉甸甸的孤独在雨中路灯下闪耀
雨穿过沥青街道降临它的额头
雨的脚步掠过街道缄默的流浪者
黑夜在雨中露出它光滑的背脊
雀鸟黝黑的眼睛在黑夜里颤动
那未来沉甸甸,像锈在铁片上积聚

靖州

窗外的风景与悲伤一起告别靖州小城
天空穿过下午的间隙降临黄昏的蝶翼
它的斑斓为暮色添加一列火车的重量
用危险美丽的南方消解湘黔线野花的
色彩,贫乏得没有梦想的村庄、小镇
年轻人挤向疼痛而伤感的远方工厂
被车轮碾碎的月光、风,乡愁在树木
破旧的屋舍与荒野间摩擦,带着盐味
一闪而过的会同站,时间错开的瓦砾
冷峻的县城,散淡的汽笛消逝在旷野
荒寺的钟声像幻觉在我的记忆中纠缠
侗僚人的奇异传说与靛蓝服饰,侗歌
穿过邻座少年的伤感,孤寂的火车带我
穿过靖州,辗转进牙屯堡镇漫长的黑夜
令人厌倦的月亮照耀大山中贫穷的小镇
莫名哀伤的星星增添小镇和我的孤傲

郊外

它的忧伤是歌谣、落日、提行李箱的少女
一枚螺丝、工业区的月亮,我已记不起的
年轻面孔,凤凰大道某个街道,制衣工厂
喧哗的银盆市场,寒溪蜿蜒荔枝林的小径
菜地、犬吠的小巷,黎明推三轮车的商贩
我记得那失恋的电子厂女工,河南方言和
彩色玻璃的反光,白色的招聘广告,铁桥
静谧的菜园,池塘边的鸟鸣和树木
星光里静卧的菜农的陋舍,我推开古老祠堂
迷失在五金厂轰鸣的下午,我不知道时间是
透过机台的针孔,还是穿过木门扉与青砖
投影在我惆怅的黄昏,油腻生活沉沦的白昼
加班工卡的黑夜,次品中裂开的伤痕
这些幽寂的日子隐没在远行的货柜车,夕光与
年轻男工曾带给我的欢乐,从郊外涌上来的
乡愁,在远方,在我贫穷的诗句

镜中

在鲜红的非洲木头上,在亚洲虎的斑纹中
我从一面镜子里繁衍出另一个世界
镜面磨损喧哗,在它无声的寂静里
我劳动,机器运转,在镜子的深渊里
星辰倾倒下希望的光亮,树叶在路灯下
摇晃,镜面栖息的鸟只轻轻地飞过
我无法触摸它的声音、翅膀
我的眼触摸镜中的真实:影子与幻象
在镜面虚构的世界里,失重的万物
它们用寂静虚构重量,空便是重
时间在镜面的褶皱间逝去
我用扳手撬开岁月的门:晶片、二极光
我从镜里窥探凤凰大道寂静的天空
沉默的星座在黑暗的镜里闪耀
仿佛大地在溃败时留下的伤口

回声

穿过霓虹灯的迷惘与白炽灯的辛劳
喧哗的凤凰大道,它伤口样的店铺
窗外的挖掘机剖开它光滑的躯体
吊臂机伸向天空,道路尽头的榕树
古老枝条垂下荫翳,它曾安慰过
雨中的流浪者,给漂泊的我以阴凉
我曾想象的远方依旧似生活的迷宫
在所有车辆不能抵达的天涯,那里有
盛开的苜蓿花,黑色的马匹与苍鹰
朝天空长鸣的野山羊,忧郁的木槿花
金花菜鲜嫩的叶片撑开寂静的一天
如今的远方,是来自异国的机器
订单、图纸,错综复杂的铁片零件
我在它的躯体钻孔,艰辛的希望
车间的白炽灯溺死我漂泊天涯的幻想
在不会疲倦的流水线上,我倾听
梦想的回声,它们渐渐模糊,衰败
慢慢被我遗忘在黄昏的凤凰大道

与鸟交谈

你穿过几千里路程在树枝上鸣叫
我穿过七八个省份在工厂机台劳作
我在转角看见你的脸,生活击打的脸
树枝遮住绝望的脸,暮色点亮的脸
车刀打磨过的脸,注塑成形的脸
你投在银湖公园里幽冥样的阴影
我淋着在淡蓝色炉火间舌头上的雨水
天空被我们晾晒在厌倦的野外
尖酸而伤感的暮光照亮我们的孤独
阳台的蓝色玻璃折叠起破旧的乌云
交错的电线分割忧郁的天空,悲伤像你
打结的嗓音,雨水带着你的羽毛
停在我的窗口,熟悉的气息布满
操作机台,此时天空在明亮的雨中
它的淅沥缓解了窗外的薄暮
我从黑绳般的藤蔓中抽身而出
你从潮湿而迷乱的泪水里脱身
我们越过众多的省份和路程来到这里
渴望愉悦而清晰的黎明,郊野的日出
窗外却是群星熄灭的午夜和粗暴的雨

信

在漂泊的日子里,南方的一切
给我以古老的惊奇,混乱的录像厅
收留我失眠的夜晚,冰冷而破碎的歌声
将伤感的乡愁传递给我,我写信
告诉你雨夜的孤独与爱情的光亮
拖行李的外乡少女,我惊叹于天空
陈旧得像乡下一样,布满熟悉的星星
树木涂鸦的工业区,我还告诉你
五金厂的悲伤,工友们的外省口音
大海在四十公里之外的地方蔚蓝
天鹅在黑暗中鸣叫,它的翅膀
像尘世间浮出的纯洁希望
孤独的少女独自行走在小巷
辛劳的躯体散发出夜班的尘埃
轰鸣的机台上,我仍眺望
在晨光里穿越集市的美少年

白鸟

在郊外,孤独从四面八方拥挤过来
它们在树林间传递,荒野外的铁路
一辆从远方开来的火车穿过黑色的
轨道与沉沉的树林,疲惫的外省人
跟火车又驶入茫茫远方,信号灯和
时光拖住我,在这荒寂的郊野
黄昏带着哀伤降临我的身体,落日
在忧郁的天空像一枚将用尽的硬币
栎树伫立倾听我的脚步,紫荆为我
垂落一串串时间的长荚,我的影子
穿过小径,比它更黑的泥淖与枯叶
我不会遗忘这郊外树林的一只白鸟
它白色的羽翼掠过我内心的黑夜

出料口

在塑料模具间，我看清楚欢乐的形状
在炉火间，它们弯曲，融化，冷却
凝固在锈迹斑斑的机台，汗渍的青春
留在产品中，随订单运往遥远的异乡
逝去的日子从钻孔机的针孔走过
那一排排被生活蛀蚀得千疮百孔的塑胶
那一截截从滴油的出料口裁断的废料片
在靠近冒着烟的注塑机台，它冰冷
失望，迷茫，被抛弃在废料筐里
我不忍看它们：那些被工业蛀空又抛弃的
零件、机台、次品、老去的我们

凝视

生活不能给我呈现一片金灿而是铁灰
黎明时,我便看一看流云、楼群
沐浴在光线里的棕榈,蔚蓝天空的鸟鸣
晨光会陡然将我覆盖,那些溢出的幸福
悲伤、欢乐……都被它点亮,在毛织厂
我小心地缝补雨水、白玉兰、乡愁
把沮丧、衰颓、疼痛剪断扔进昨夜
我小心地饲养着珍贵、喜悦、谦卑
让它们如同晨光一样慢慢融入我的肉体
越来越明亮,直至光线将我完全穿透
我就这样在窗口凝视着我自己
让那灰暗的外衣从我身体上滑落

雕刻

陈旧厂房生锈的大门看守我的昼与夜
破败的城中村天空荒凉的月亮
废弃的环形水井带着时间灰烬的余响
异乡人的影子比一片树叶还薄
我宁静的忧伤,从机台倾泻的欢乐
在夜中凝望朝北的窗口,铁轨载着乡愁
穿过稻田的星辰、河流的雾;在街头
我守候榕树上的鸟鸣与白铁片的黎明
梦幻与现实交错我的眺望、迷茫
谨慎的模具上,雕刻机镂出时间的斑纹
从永恒的矿石到短暂的制品
我用欢乐来描述人类赐予它痛苦的辉煌
它的伤口会绽放出凤凰大道迷人的风景

光

不为词语表达的理想,不为光伤害的
梦,还没使用的未来,不为黑夜察觉
我站在这里守候日夜的交替,用钉子
将灰暗的叹息、影子钉进黄昏的光线
穿过绿色玻璃留下弯曲的路,我的脚步
遇到喧哗的集市,深沉的薄暮从车轮间
挤出更粗暴的风,街巷里明亮的路灯
我给你溃败时间里的寂静,飞鸟抹去的
地平线,信仰季节的树木,郊野的晨星
黑蜥蜴穿过的沥青路,幽静辽远的犹豫
陷入梦境的光束,茫茫天际间的波浪
一个独处者的下午,我在异乡的不安
在东莞或重庆,诱人的危险,清寂的
秘境,去年夏天的炎热,街头小贩的叫喊
突然让我痛苦的厌倦,破裂的铁片
被云遮盖的贫瘠大地,羸弱的幼鸟
我感到狂热的在焚烧的激情、理想
那光投在头顶的梦,过去、未来的虚幻
我从未如此清晰的爱、困惑、失败

凤凰大道

我穿过繁华的街道寻找一枚螺丝
带给我的喜悦、忧伤,在拥挤的车间
我找到旷野的荒凉,冷漠的人心
孤独的月亮,油腻齿轮上转动的星辰
白炽灯剪掉面目模糊的昼与夜
我把痛苦密封在彩色的塑胶盒里
闪亮而坚硬的外壳保护柔软的心
注塑机向我递来,在混浊、凌乱的黄昏
昏暗而憔悴的女工穿过窄玻璃门
她们苍白的脸与手臂,疲惫的眼神
被机油浸泡的孤独,在凤凰大道
落日压碎了棕榈的阴影,蔚蓝的
闪亮的未来被风吹拂到大海的尽头
一枚螺帽该如何安慰两颗螺母的眺望
一张脸孔如何闪耀在分离爱情的睡梦间
我用厂牌、工卡抚摸漂泊生活的悲哀
披锋刀正切开暮色中的荔枝林、桐木岭的黎明

月亮在垂落

没有什么是持久——月亮在垂落
星星在陨灭,机器在衰老
我穿越无尽的黑夜与白昼
月光照耀我的痛苦、狂喜
奔波的外乡人眼里生锈的天空
机器分割的地平线与孤独
黄昏铺开凤凰大道宁静的往昔
夜晚折叠好黄麻岭的宁静和冷漠
长满羽毛的眺望隔着工卡、图纸
那次品与罚款单覆盖的生活
阴郁的青苔爬满我的躯体
白炽灯在车间燃烧着我的青春
比我们更短暂的黎明在荒弃的草丛
桐木岭上残存的荔枝林、祠堂
羞涩与忧伤的凤凰木,我敲打铁片
在异乡,我原以为青春会惊艳开放
它却溺死在油腻而嘈杂的流水线上

河南工友

我分辨落日、远方,以及工业区的灯火
火花塞喷出的梦想与喧哗,从钢架取下
清晰的白天、订单,遗忘在黑夜的郊野
一个远方少年带给我的落寞与迷恋
那因离别而破灭的爱情,在异乡小镇
甜涩的记忆,蜷伏在螺丝机的青春
沉默的铁块分担我的眺望与忧伤
白炽灯保存我的回忆,那些生锈的厂门
困住我们年轻的混沌,河南工友带给我
关于北方的记忆,河流,暮春的伏牛山
那从唐朝的天空穿梭而来的月亮
玻璃窗下渐行渐弱的火焰、星辰
一条向南的铁路,睡眠的山岗、小镇
背行李的年轻人,还没被岁月耗损的
梦想、青春,我们为爱许诺的远方
一座孤傲的城市遍布我们迷狂的忠诚
那些被暮色吞没的工业区与流水线
北方的庭院、树木,隐秘的期待,以及
我们背叛的、失信的与漂泊不定的人生

格尔木工友

在南方工厂,她遇见被机器修改的梦想
铁质的、塑料的……它们挤在狭窄的卡座
细致入微的人生被烧焦的烙铁焊接在机台
此刻她想象古老的格尔木,古月下的高原
从雪山奔腾而下的河流,纯粹干净的冬季
虔诚的信徒们走在通往拉萨的青藏公路上
窗外一轮油腻的明月照耀他黝黑的脸庞
她注视窗外,南方的山野与远方的大海
在这一刻,她怀想星河荒凉的北方
江湖般折伏的野草,侠客般的牛羊
站在古典寂静的高原,远方的雪山
创造出武侠样冰冷的颜色,此刻南方
绚烂的霓虹笼罩她头顶,在东莞
或者格尔木,她驯服野马的手委身
铁钉、机器与图纸,在流水线写下
繁华的都市、楼群,以及天空的明月

江西工友

从窗户推开海洋,从铁具挖出黎明
从火中取出矿石,从井里淘出星辰
从天空捡拾落叶,在波浪耕种庄稼
美丽的鄱阳湖,神话鬼怪遍布的水面
水稻在湖水间生长,年轻的渔家少女
她已化为一条青鱼,撕心裂肺的鸣叫
泪湿透湖中的九月,雾间彷徨的鸟雀
叫声蕴藏人间的期望,迷茫伸长脖子
从铁上摸索潜行的月亮,天空的伤口
它的痛苦被机器收好,我遇见光线
银白的喜悦在陈旧的经典中伫立
我们铺好的乡愁、青春,连同孤寂
进入空虚而冰凉的车间,在白炽灯下
像水晶一样闪烁冷的光亮,我们从中
获取生活的经验,并且传递给他人
那些喜乐与悲伤,我们曾经有过的
并且丧失的——愤怒、痛苦——如今凝固
那轮翻腾的月亮,它严峻明亮的光

甘肃工友

甘肃工友带着西北的风沙、荒凉
穿过半个国土的火车,生锈的齿轮
在一片油腻的黎明结痂,长途火车
奔赴黄河、长江,一望无际的黎明
奔赴南方的工厂,它的热血、冒险
以及与卡座签订漂泊协议的青春
我们守望天空中沥青样的星辰
布满乡愁的明月,寂静地照亮
蝴蝶般的前世,皮肤上脱落的黑夜
用孤立的螺钉将未来钉在塑胶片上
永不停止的拉带给我们梦魇样的记忆
我们知道人生,像穿过风沙的沙刺
它短暂而多刺的躯体在孤寂中痛苦生长
我们无从知晓它的形状,在茫然不懂的异乡
那只被流水线支配的手穿过时间的锈迹
那些明亮的事物照亮漂泊的旅程
那些铁,那些混乱的城中村与天空
那不曾消失的荔枝林,那没有被时间抹去的记忆
那些尚未被遗忘、湮没的一切,它们构成多年后
我们重逢时,感叹无常的命运

星

在固执的流水线，油腻的机台上
一枚错置的顶针带给我的忧伤、茫然
我曾遇见非洲木头，古老的年轮交错
草原的孤月，东方式敏感的日本机台
它纤细的阴郁，我曾从窗口瞭望星辰
乡愁布满的夜空，北斗宁静的阴影
长尾巴的彗星在郊外的荒野坠落
在一张图纸上铺开我的生活、眺望
从塑料筐里拣出灵魂、欢乐、痛苦
跟随黑色的制品远渡重洋漂泊
为了梦想与远方的年轻人，穿越
几千里的路程来这里与我相逢
苦涩的方言带给我外省的贫穷与自卑
以及一望无际的真诚，在疲惫的黄昏
与一只鸟交换翅膀，在灰暗的日子
像盲人保持对路的记忆
未来与眺望的忠诚，为灰暗准备
星辉交映的夜空与晨光照耀的黎明

迷宫

我迷恋黄麻岭街头的黄昏、光线、工厂
嗡嗡的织机、长裙的女工……四川的、湖南的
湖北的、河南的方言,时间遗忘的初月
委身于荔枝林的飞鸟,池塘,祠堂
从彩色玻璃铺展开的夕阳,霞光
飞向云层的寒溪,在大街歌唱的鱼群
围着注塑机守夜的男工,他们疲倦的面孔
不疲倦的笑容,短暂欢愉的蛾蚋
扇动翅膀飞过银湖公园的长亭
用车刀剖开夜晚、星星,它们贫穷地照耀
在这里没有什么是永恒的,工友在离别
树木在砍伐,厂房在推倒,石头在腐朽
记忆与迷惘都被时间夷平,唯有黄昏的幽暗
让我找回那曾丢失的事物,从光线中走进
生活的迷宫,那痛苦却充满热爱的命运

相遇

在这里,我见过街道流浪的外乡人
五金厂的轰鸣,遇到制衣厂女工手指的伤痕
她们粗糙而渺茫的痛苦,固执而清晰的欢乐
黯淡的失业者,被大火烧过厂房的瓦砾残垣
天空一意孤行的飞鸟,黄昏吞没的荔枝林
我在这里寻找改变命运的奇迹
在图纸、螺丝、橡胶、齿轮咬合的日子
用钢锭夯实城市陡峭的灯火、流水线
从铁片中寻找生活,岁月在肺里生锈
我徒劳地期待刻骨铭心的爱情,工卡、流水线
路灯、让我疲惫的五金厂,在螺钉和卡尺间
精准的线条与角度打开加班、合格纸、机台
黄麻岭忙碌而灰暗的时辰,我爱旧祠堂的月光
池塘垂柳的鸟鸣,落日在厂房投下盛大的辉煌

灰鹭

我在生活的迷宫里寻找出路
却又耽搁于它幽暗的诱惑
白鹭飞过寒溪,它们古典的眼睛
一张张浅白而陈旧的脸,灰的羽翼
我徒劳地望着它们起飞又降落
苦涩的鸣叫从颓败、疲倦的暮色中浮出
银灰的楼群间,枯萎的光在反刍黑暗

夜班

时间的碎片纷纷落在孤独的棕榈上
它枯萎的叶尖映照着我厌倦之物
沥青路、铁锈、机油、红色的鸡冠花
我拥有寂静中的光线和夕晖中
年轻男工的侧影,他的悲伤、孤独
融入我身体里的凤凰大道,相爱的人
相互纠缠、离别、思念,在黄麻岭
天空中昂首而立的星辰,工厂里
恬静的纺织女工,机台上卷曲的
铁片和塑胶,拖着行李而来的外乡人
在深夜,几乎没有行人的城中村小巷
昏暗路灯重叠的外省少年的悲伤的脸
幽寂而阴翳的木棉树,它微微摇动
叶片、时间、我的忧伤,在偏僻处
繁衍生息的蝴蝶,天空陡峭的凌晨
我在窗口守着辽远而幽寂的黎明
天空的光芒里飘过的一段风景、流云
渡洋而来的壮美晨光,清晨的巴士
夜班的疲倦在我的身体里延展
如同熄灭在深空幽蓝中的星星

苍穹

在车间，万物恪守自己的位置
研磨机启动，夹具平移、推进或后退
砂轮快速运转，刀坯显露尖锐的棱角
白色的研磨液淋湿七月炎热的夜晚
铁、眼泪、孤苦被淡蓝色炉火收藏
它被切割、打磨，时间在天空拉伸
月亮的阴晴圆缺，在车间，我没有属于
自己的苍穹，我的天空在外省的乡下
我站在失眠的轰鸣中等待灰翅膀的黎明
在油渍的机台打开生活的甬道，它布满
铁锈、衰败、伤感……在车间，螺丝
消磨着我的命运，它徐缓地将我固定
钉紧在流水线的卡座，我却在等待
研磨过后光滑而明亮的天空

回响

地产商收走你的街道、商贩、荔枝林
被驱逐的艺术、工厂和杂货店,我徒劳地
等待它们的离析分崩,在风俗走失的世纪里
我迷恋荒凉的旧村,它的残瓦断墙
半朽的横梁渗透旧有时代的印痕
天空中途穷的月亮,人世间漂浮的欲念
我曾在昏暗的街道写下疼痛、漂泊、铁片
泥泞的庭院,如今被楼盘的围墙切得
支离破碎的道路,冷月凄凄的窗棂
我曾想象夜晚的注塑机台与灰色的翅膀
从凤凰大道细微的风中溜走爱情的欢欣
血液来回运转的绿色拉带,星辰和四季
射水节的喧哗,坠落寒溪的流云
在铁与泥交错的黄麻岭
没有什么能够在时间里长存
我穿过秦时明月遗落在古砖上的忧伤
脆弱易逝的命运,它们消亡时的回响

美好

五金厂渐熄的炉火,沉默的祠堂
工人们在铁桥上唱着《流浪歌》
月亮爬上楼顶,寒溪远去,草木凋零
许多悲伤融化在黑夜里,晚风低诵
我们逝去的光阴和漂泊的命运
不知所终的爱情,缓慢的尘世
落叶的树带给我内心的慈悲
在异乡的小镇,美好的事物短暂而伤感
天空的流云,傍晚的风,归家的蚁
荔枝林中的恋人,点亮黑暗的灯火
银湖公园飞舞的昆虫,喷泉,溪水
它们在我的身体凝固,它们美好得
像玻璃,干净,纯粹

细小的事物

我不守护高大事物的阴影与悲凉
荒芜而痛苦的日子,像窗外的铁
坚硬而安宁,冰冷而孑然
潜伏在生活中,渴望温暖的曙光
透过沉默的间隙将我的未来照亮
我将随那枚细小的螺丝
进入铁的躯体,光不能抵达的黑暗
时间凝结的坚硬处,我不会奢谈
人性、光明、未来,尽管我贫乏
只剩下产品、订单、图纸、微薄的薪水
在三千度炉火的灰烬里,我会带来
理想和爱情的残余,竭尽所能将怯懦
冷漠分别放入炉里焚尽,在这里
靠近它们清晰的欢乐与瘦弱的痛苦
我偏执地爱着细小事物的敏感与寂静
我们在白炽灯下疲倦的脸孔与羞涩
生茧的手指融化的落日、田野、荔枝林
我用短小的句子描述塑胶片、弹弓
我们干涸的痛苦像带着露珠的葡萄
我们还在无边的空旷变小
愈来愈小,直至没有影踪

汉语的机台

在汉语这古老的机台上，我思考
永恒，那万物留在时光中的幻象
未来，那未知的将要来临的实体
岁月徒然流转，在羽毛与月光之间
在镜子与墙之间，虚构存在的虚设
留在墙上的斑点或者镜中的虚境
如果我深夜读《庄子》，那只蝴蝶
从镜中飞到墙里，倚靠着墙睡眠
我对梦的无限迷恋，注定好的人生
陌生的街道，铅灰色黎明飘过的云
我曾记住的一句诗，我们徒然地
穿过女工落叶般的脸，建筑工人
伸出伤残的手，那乞求爱情的少年
穿过工业区的燕子……只有梦想
才会让天空变得辽阔……我还在这里
重复无数次丢弃的往昔，为它们写下
重复的句子，重述工厂少女的话语
企图为逝去的一切保持永恒，为悲伤、灰尘
和某些声音……保持记忆的黑洞

辑二：歌唱

冬日遇鸟

它们从不远处的荔枝间起飞,盘旋
复而消失,我站在车间的玻璃窗口
荔枝林背后的工厂,喧嚣的机器声
独自一人,眺望,远方的树木、天空
道路上的车辆,它们不会朝我飞来
我熟识它们的,灰翅膀,明亮的尖叫
尾翼剪出蓝色的弧线

我熟识它们,在北方的田野、河畔
它们用硬喙敲打石子、树木,衔起
一小块湿泥、碎枝筑巢,在嘉陵江的
芭茅丛啁啾,或者起飞,穿过江面
停在对岸的桑树上,翅浪在阳光里闪耀

它们的名字:灰雀、乌鸫、白鹭、鸦鹊
如今它们搬迁到南方,现在是冬日
北方一片寒冷,赤裸的树木与村庄
她们在荔枝林不远处的厂房流水线劳作
阳光穿过窗户涌入,倾泻南方的温暖

钻孔机的鸣叫,一群蜂鸟
穿过,不远处的池塘、寒溪,它们顺流

入东江，潺湲的躯体，有通向远方的
铁轨、高速公路，卡车穿过，留下模糊的
车轮印，天空中，飞机留下一串白烟痕迹
它们闪烁，在机台上起起落落的制品
螺丝、铁钉，瓦蓝瓦蓝的天空

这是十年前，某个冬日的上午
我还记得，那些鸟儿飞过荔枝林、寒溪
池塘……在不远处的工厂，我在窗口眺望
我在念着它们的名字：白鹭、灰雀
它们从荔枝林起飞，又落下
复而不知飞往何方，它们从遥远的北方
穿过河流、山川来到这里
天空有灰翅膀留下的弧线和长鸣

此刻，重访故地，站在寒溪边的厂房窗口
那些荔枝林不见了，唯有那些鸟儿
在我记忆中搁浅，它们起飞，消逝
在冬日，阳光顺着对面高楼的玻璃窗
倾泻而下，照着人去楼空的厂房
我还记得她们的名字：李燕、杜庆杰、刘忠芳
我还记得北方贫寒村庄里的鸟儿：灰雀、乌鸫

记忆

一些人名,被记忆拾起,祁丽丽
湖北随州人,编钟或者长江,圆脸或酒窝
手中的卡尺,测量你微薄的薪水,在别离时
我记得淡蓝色圆顶帽下的眼睛,明亮而清澈
被工帽圆箍起的长发,我试着记起一些细节
某张合格纸上黑色的签名,红印小圆章的工号
你的笑容,你有些疲倦的身体,你被工衣
覆盖的年华,藏匿的乡愁
你沉默的梦想与制品厂的灯光
你躯体的高烧被注塑机的灼热淹没
你的瘦小,我记得的,像一颗星
在我的视野中出没,又坠落旷野。像孤独的人群
却站在孤独之外,你羞于谈及的梦想、未来
在工厂的角落,在黄昏的街道
在拥挤的工厂人群,你握持
那张小小的合格纸

一些细节,因为这倒闭的工厂而湮没
在凤凰大道,目睹天空横过人去楼空的工业区
记忆像被掏空的厂房,从孤寂的村庄来到孤独的卡座
又将回到孤寂中,又将消失在洞穴般的岁月
一些细节消逝在塑料盒间,变成弹弓、螺丝

青春的碎片，它们去了远方
我们在这异乡的工业区，在机台上，在卡座间
在外奔波，在你出乡的道路
城市像霓虹一样闪烁着你不确定的未来
像铁弹弓扎进指头，痛并且眺望，我们的希望
是不死的。一些细节，试着从荒弃的五金厂浮出
我在大街上读"厂房招租"，被时间腐蚀得
模糊不清的"招聘"，在这即将推倒的墙上
它们见证了我或者你的往昔，或者南充的嘉陵江
随州的长江，如果再远些，是一轮共照的明月
时间总是无声的，一如沉默的花坛间无名小草

一些细节、人名，我试着记忆，或者数数我们
来自随州、安顺、信阳、南充……以及我们说出的
不同的河流，长江、乌江、狮河、嘉陵江
它们从远方涌入大海，一如我们拥向破旧的五金厂
盛宴终将无声谢幕，我能够拾起的，在场的
消逝的，再也无法返回的，我热爱的一切
我们用尽所有的青春，终究无法脱掉外省的风俗
城市对我们的方言发出暗讽的笑声，当我们已
筋疲力尽，再次经过空荡荡的工业区，仿佛独自
穿越一次漫长旅程，故乡已经沦陷，昔日只剩下
一些名字，一个细节，比如祁丽丽，比如随州
以及已经消逝得无影无踪的面孔

访

曾经一棵树、一条河流,坐标般护佑
神圣的记忆,沿它,返回被时间与
生活摧毁的童年,在工业区,我无法从
一颗螺丝、一台机器找回丢失的往昔
它们与我都四处漂泊,不知所终
坚固的厂房被推倒,道路被毁掉改造
桥梁已消逝,无名的溪流被街道吞没
熟悉的地方消失得太快,往日眺望的
荔枝林被砍伐,我是谁?我曾在这里
想起另外一些人,曾支撑我的青春
她们在凤凰大道的五金厂、毛织厂
这些曾来过的人,名字、面孔,她们
没了踪影,仿佛已过去了许多岁月
也仿佛从来没有发生,在大街上
那些曾发生的不幸,没有人会在意
衰败的旧厂房和贵州人伤残的手指
高楼总以冷漠的方式叙述它的繁华
尖锐的痛苦埋入地基,在大地深处回响
撕心裂肺,像被刨掉根须的荔枝树
湖北人的图纸从破旧的厂房规划出商业中心
福建人的小吃店换成连锁的麦当劳
万物没有永恒的,老人故去,忧郁少年

不知去了何方,我依旧在这里寻找过去
我所了解的:她们淹没在蓝玻璃间的笑容
或者从楼顶吊绳上悬挂的人生
她们苍白的脸庞在记忆中比秋菊还疲倦
生活总用新的希望驱逐旧的失望,我记得的
断指少女,绝望的失业男人,被骗的女工
他们趴在路边哭泣,尘世不断更换旧颜
我曾在这里,装配细小的螺丝,在机器上
安排每件细小的事情,我还在寻找它们
它们已不可逆转地消逝,生活总是不断地遗忘
在遗忘中获得,也失去,我已不能
从一颗螺丝、一枚铁钉间,找到过去的自己
这条街道已彻底地将我们忘记

在工业区餐馆

这么些年,我甚至连愤怒也渐渐消失
剩下不安的愧疚折磨我,生活中的痛苦
来不及在身体结痂,在窒息的诗句中
找不到安慰。我理解因梦想而受苦的年轻人
他们背负外省人或者乡村的外壳行走
在炫目的都市街头,充满欲望的眼神
他们耻于提及他们有些贫穷的童年与故乡
有些落后甚至可笑的风俗——他们站在机台
小餐馆、商铺的门口……他们羞涩,有时堕落
城市挫伤他们,用户籍或乡村的口音
因生活而愧疚的不幸者,压抑的暂住证将他们隔在
另一个世界,生活因此而丧失色彩——他们在
喝醉的小餐馆,摇晃的身体,橘黄路灯般的梦
照亮这群异乡的年轻人,还剩下什么呢?愤怒
已变成哀诉,不快乐的童年,城乡的挫伤
以前年青时离别的痛苦,在他们酒醉后的抱怨里
我沉默,面对俗世中日益板结的秩序
面对失意者的讲述,我唯有倾听

穿越星宿的针孔

穿越星宿的针孔,警示器像黄昏中的
乌鸦停在钢针机上嘶叫,煤气灯分割的
月亮,它四分之一的光与阴影,被酸液
灼伤的皮肤,除锈剂在太阳的深处清洗
昼与夜。铁,一根工业的肋骨,抚摸
饱受铁伤害的城市。生存在切割机下
断裂,消逝,绝不妥协

下午沿着螺丝的纹路徐徐而行
楔入黑夜的沼泽,佝偻的月亮像
职业病患者,在雾霾下咳喘。超声波
起伏,降落,像不知疲倦的饶舌歌手
它不知风趣,睡意从机台爬出来
落在我的睫毛上,绿色的指示灯闪烁
机械手从电镀水池取出一捆捆亮晶晶的
黎明。生活从移动滑轮上经过,流逝
沉入工业废水池

启动器迅速沉入酸液,黑夜脱去
它的黑衣裳。月亮,夜的警报器
它亮着,雪终于没落下。电镀液冒出的
浓烟与泡沫,一块铁片在死去或诞生

疼，变得迟疑与疲倦，它们被塞入
热处理闷罐，月亮，从天空巨大容器里
逃逸。生命囚于天地间，像铁
在热处理后变得坚硬

水在水里

水在水里变成水的形状,我们在机器里
变成了机器的模样,黄昏变成机器的黄昏
我们在刺穿中被机器刺穿,我们需要用一个
次品来证明我们自己是次品,用动作来完成
机器缺失的动作,用词语、螺丝钉的真实
实现自己的真实,变成订单或利润的幻影
穿越次品,夏天卷起黑舌头:从机器里
剥出机器它在运转,从流水线上分出
手指它返回我的身体,从疼痛中返回
子宫它在分娩,从梦返回梦里,机器活在
铁钉的眺望里,我们在镜中凝望自己
天空只剩下孤洁的月亮,河南的麦子
辨认安徽的味道,东莞的盒带寻找
东京的气息,塑胶在筐里滴泪
风铺展秋天,女工在螺丝搭梯远行

模具

忙碌的人生凝固在注塑机的模具里
寂寞的肉体停靠在十二平方米的出租房
光线在油腻中燃烧，光阴在铁片上消逝
我穿越机械的森林，在图纸、绳索、铝片
我用齿轮、木条、铁丝为利润、工资
建造一座房子，安置好爱情、理想
在伤残的手指，在疲惫的眼睑
在寂静、阴影交织的车间穿过
拉带停靠的半成品，乡愁在淡蓝色的
孤独间，青春消逝在油腻的扳手间
那些曾爱过的、恨过的图纸、螺钉
漂泊的爱情有像雨一样的忧郁与伤感
他倾吐出蓝色的言辞——不知所措的
分别或者重逢，我依然把人生安放
一张被打磨的模具，尘土或者汗水
在一块碎裂的制品上寻找相悖的爱
穿过绝望与漂泊无依的日子，穿过
辛酸而苦痛的岁月，在贫寒的机台
在油腻的铭牌上写下他的名字、日期
眺望，一根细小的钢针上安置好
我们坚固的爱，会穿透所有的黑
穿透被模具固化的人生

螺丝旋转弧度的美

螺丝旋转弧度的美,铝片卷曲角度的美
塑胶压在模具形状之美,火花塞喷出
淡蓝的火焰,弹弓弯曲成大海的波浪
铜片亮出寂静的光泽,丝锥在钢铁上钻孔
似乎从铁块上打出生活的井

轴承走过油污的春天,夜鸟和星星
探头伸向锃亮的齿轮,低垂的孔间
渗漏出黑夜,锤子敲击燃烧的铁块
黑机油间捞出油腻的月亮与散热片
照亮灰色橡胶与锈迹斑斑的理想

小小卡座的生活,爱情略重过机台
太阳微轻于炉焰,小小的钻头间
铁块穿透,弯曲,融化。被抽打
拧紧的爱与美,被锡条焊接上方言
暂住证、银饰与瓦蓝瓦蓝的乡愁

在深夜,从一根铁钉中寻找

在深夜,从一根铁钉中寻找黎明与梦想
剥开油腻的喧哗,让薪水、孤独、厂房
雪、钉子……呈现,图纸与松针,时间
与锈,除腐剂与青春,交错起伏的气压机
将生活碾成模具清晰的身影,它喘息
图纸上的迷茫,塑胶与雨水,你从机台
取下月光、霜和秋天。窗外,树枝从天空
捕捞鸟鸣、星辰和露水。远处,海水狩猎
珊瑚、鱼群和风暴

在黎明,从美国狭长的订单中寻找鞋子
衣服、电子元件、录像带盒,铁环与
钢钳……铁扳手改变命运,货架上
泰国、日本、法国、菲律宾……依次
排队站好,等待出货期,在一张剪裁的
合格纸上,我写下油污的诗句与虚妄
将命运与未来依靠在一把螺丝批上
液压机的指示灯闪烁,电线向冬天
传送着光与热,乌有而模糊的次品

在黄昏,从火花塞喷出古老的墨汁
气垫舒缓铁片与机器的疼痛,胶布阻止

伤口的血,为理想熬夜的灯绷紧苍白的
脸,一只被污染的蝴蝶穿过受孕的天空
飞蛾迷失在雾霾中,它们凌乱而肮脏的翅膀
疲倦地扇动,打桩机砸向大地的巨响
灰树叶积满工业的灰烬,职业病汹涌
暗处的星星失去细微的感知,只有一枚
工业月亮在天空里咳嗽

阳光消解冬天

阳光消解冬天、郁闷与平庸，用蓝电线
传导光亮、温暖、爱情，沉重的事物
扔入洗涤池，擦去了锈迹、伤痕、悲伤
沉默对抗细致的滴水，流水线的拉带上
弹弓撑开生活与困倦，露出身体柔弱处
水绕开河流，雨消磨长夜，从旗仔到
钢通、塑料到铁片，直到睡意像石头
浮出海面，窗外琐事茫如大象，用铁片
电子秤思考明月的升降与喜乐，乡愁变浓
月亮便会亮些，焊接机伸出锡条、烙头
接好时间的简史，螺丝分担人情的冷暖
在一枚铁钉上放牧生活，失业的黑太阳
让未来像炊烟被扭断，从输气线管射出
温暖、繁华、炎夏，油气阀门飞出一只
黑天鹅，炙热的鸣叫像勒紧咽喉的股市
积雨云拖着下降的苍穹与指数线，生活
被弹弓压弯，剩下乌鸦在额头留下爪痕
阳光正被一些事物诱惑，时光、蜘蛛或
情人，留给现实的扳手，它拧紧温暖的
螺帽和垃圾浮动的大海，风暴撞击海面

被夜哺乳的天空

被夜哺乳的天空,星星明亮的灰翅膀
穿过梦幻的大地,月亮驱赶白羊群
咸涩的墙越过走廊、天花板、北极星
春天穿透猛禽的蛋壳,在寂静的仓库
黄昏下着雨水样的忧郁,疲惫的夕阳
照亮电信大楼的玻璃,夜班女工眼睛
飘满碎裂的胶片、螺钉、线头
门外,老榕树投下黑根须的黑夜
女工卡座上的人生,分割十二次
十六次……在喧哗的机器声间,寂寞
白雪、春天、未来……栖息着,有人
从远方带来焰火、光明,有人蜷缩于
工业区的机台,有人摆上乡愁、机器
春天、悲伤……锭子下落,穿过铁片
钢针、图纸和漂泊的岁月,锭子上升
捞出失落、温馨、坚毅,时钟里翠绿的
星星,那张张疲惫的脸停泊湿透的爱情
午夜在灰烬的炉火以及长久凝视的脸上

分娩

从薄薄的黑夜分娩出机台的鸣叫、喘息
注塑机张开油腻的嘴吞下星星、塑料
我的睡意、疲倦停在铁架,像沉默的乌鸦
它不祥的阴影降落,白昼沉潜寒溪河底
生锈的扳手拧开夜的盖子,被黑夜推进
压力阀在台板上拐弯,我的睡意跟塑料
都被压进铁质的模板,在冲压、弯曲间
忧伤的月亮正照耀着一张张年轻的脸

从乡愁里分娩出白鹭、橘花、夹竹桃和寺庙
渡船在嘉陵江上滑行,昏雾下的树木忧郁
金花雀振翅水面,眼泪、悲愁浇灌了异乡的
孤苦伶仃,童年、树木和昆虫隔得那么遥远
在寂静的异乡不会有人呼喊我的乳名
我在机台上眺望窗外,灰暗的夜里
没有灿烂的繁星,没有嘉陵江上的汽笛
迷蒙的黑夜里机台吐出淡蓝制品与思念

从我的身体分娩出雀鸟的歌声与液压机的轰鸣
鹧鸪在山间低低地鸣啼,伴随注塑机的撞击
雨水收割泥泞的脚印与机器的忧伤,黑色液体
在封闭而保守的气缸推开结了硬壳的冬天

它推动我绿色的年华与蓝色的制品,在扳手与螺丝间
推进或者退却,欢愉或者痛苦被压进模具间
它们成为一朵朵佝偻的花在窗外春天里开放
我的乡愁被液压机密封在疲倦的身体中等待分娩

旧码头

芳草萋萋的青春,废弃的码头
落日迷离的荒芜地,霜落的港口
码头破损的帆、渡船和流逝的爱
砖窑的烟囱抓住残阳,流浪者的背影
缓缓下落的岁月,煤,汽笛
夕光余烬里的手艺匠、养蜂人
杜鹃枝上消失的布谷声,紫荆树
垂落的长豆荚,河滩上白鹤的泪滴
野茱萸布满喧哗与幻影,夜与昼轮转
灰喜鹊与尖叶杜英树,在寂静的暮色中
凤凰木深红花束映照在玻璃窗
秋天似旧码头被拆除,朽木头在岸边
听着水的涛声、盐的回响,空旷码头
污浊的寒溪流向远方,冬天
从窗帘下降,雾正集拢农业的世纪

时令

用力猛烈地切割开钢块，这丰腴的肉体
装饰的工业欲望的春天在机台上绽放
从齿轮溢出黑色的伤口，钢块转身
铁质的星星在天空，春天被长铆钉
锈蚀的地球上，被光污染的月亮脱落
我赞美秋分或者春日，它们沉默不语
夏日满脸尘垢站在开发区的楼群
货柜车穿过冬季灰蒙蒙的黄昏
炉火的蓝焰焚烧，保留着秋日的
沮丧、焦虑、疲倦……时令闪亮于
灰烬，磨损的光线、身体、机台
为流逝的时间保留古老的痕迹
唯有锃亮的制品读懂我迟钝的苦涩
春日伸出一段嫩枝，鲜嫩的肉体
被点燃，为重复航行的时令
为密封在车间的青春，为卷曲的铁片
为无处可依的漂泊，为路边无名的花朵
在油腻机台的焊光里，我将生活夺取

龙门吊

龙门吊握住钢锭悬挂着天空的云朵
用一颗冬的心阅读他吊臂样的人生
光秃秃的树枝挨着霜冻后的钢锭
冬日的长舌头吐出幽暗的黄昏
他在操纵台演奏沉郁起伏的手艺
上升,下降,转弯,倾斜
此时,他全部的生活沿钢索落下
砸在大地上,他旋转绿色、红色的按钮
秋天从他手中吃掉夏天、玻璃与铁
失恋从他身体吃掉回忆、苦涩与爱
挂钩吊起坚果般的寂静、夕阳、失眠
他与钢锭交换坚硬、锈、油渍
横梁拥抱他的痛、心跳、欢乐
他用钢丝绳吊起月光、白霜、战争、经济危机
悬在半空的月亮、美、火焰与拱形的寂寥
他推动缓冲器,想缓冲痛苦、沉默、愤怒
减速器上还停靠着辛苦、梦、爱情、眺望
生活正沿滑轮下降,每天,每时,每秒
他活得像失翅的鸟、无鳞的鱼,把苦藏进
那条负重的钢丝绳,悬挂钢锭、悲哀的天空
他不会赞美也不会抱怨的工厂生活

针孔里的远方

针孔里显示灰色的月亮、集市、街道
祠堂旁嬉戏的孩童,小贩推着三轮车
穿越荔枝林与寒溪铁桥,一小片菜地
尚未开发的溪流与树林,世界诸多
奇妙的命运在此相逢,它们短暂停驻
交谈,忧伤,又各自奔赴远方
我从一枚螺丝、一张订单上感受万物
如此紧密的联系,却又彼此孤立
没有谁会在意深夜女工的困倦、寂寞
失业的恐慌,我从机台取下缤纷的玩具
艳丽的布匹,锃亮的铁片,这些明亮的东西
无法安慰我悲伤的内心,跟随货柜车
走向遥远的陌生人,穿越针孔样的
生活之门,小小的卡座,来不及开始
便分别的爱情,明月样的孑然、乡愁
异乡的迷茫,有时订单和机台会向我
谈论远方陌生的世界,像在四川乡下
他们谈论广东的工厂、风景、大海
我倾听却不心动,唯有停止工作的针孔
带来一片小小的安静,让我欢欣

另一个

在一个制品里隐藏另一个制品,在一条
河流里收藏另一条河流,一条铁轨奔赴另一条铁轨
我正穿过人群,寻找另一个我,如同一颗螺钉
在寻找着另一颗螺母,我正穿过机台等待
另一个机台。就像我们在工业区相聚又离别
我们的爱从流水线到铁皮房,简陋却深沉
从一个卡座等待另一个卡座,拖着的行李
从一个车站漂向另一个车站,从一张铁架床到
另一张铁架床,工卡,相同,从灰工衣到
淡蓝色的工衣,动作,相同,从一个弹弓到
另一个弹弓,从左手到右手,我们并没有
从一种生活到另一种生活,我从电子厂
到五金厂,从流水线到机台,我们等待着
的另外,并没有来。雨站在雨中,阳光却
没有在阳光里,从一种异味到另一种异味
从胶水到橡胶,从机油到机器,从酸楚
到酸痛,从故乡的月亮到异乡的月亮
从东莞到深圳,一个城市隐藏在另一个城市里
我们的爱属于自己那个方言的乡村,贫穷又苦涩
次品隐藏另一个次品,失业隐藏另一种失业
我们一路跳跃,想从乡村到城市
却从乡村跳到城中村,在工业区的车间

从一个车间到另一个车间，从一个手指到另一个
手指，从星星到另外的星星，黑夜却有
相同的面孔，从陕西到江西，从老陈到
小李，从矽肺病到白血病，从过敏到
溃肿，从工衣里的恋爱到电话线的恋爱
从外出到留守，我们的爱，笨拙却无奈
但一次恋爱不会隐藏另一次恋爱，你不会隐藏
另一个你，"我爱你"却是同样光亮
就像我们的梦不会隐藏另一个梦，一个家
不会隐藏另一个家，一条回家的路不会隐藏
另一条路，我们的方向不会隐藏另一个方向
在异乡，用记忆方式贮藏好我们的爱

白昼似铆钉长驱直入

白昼似铆钉长驱直入,黑夜如螺丝
盘曲而行,明月从山岗升起,铁汁
在密封罐里流动,落日沿牙轮纹路
留下寂静、忙碌和锈迹,指示灯闪烁
白炽灯沉默,液压机将悲伤压缩
鼓风机将愤怒吐出,我用砂纸擦拭
生锈的天空,我的双手覆盖苦涩的夜
用一枚细小的恒温器贮藏我们的爱
它不再因漂泊、离别而悲伤、疼痛
在车间我像月亮一样享受天空的浩大
在远方你像注塑机一样忍受异地的疲乏
我们热爱着炉火的蓝焰,被模具凝固的
铁器,向微暗的尘世展示迷人的光泽
从铁片里抽掉黄昏、黎明,略带伤感的
灰暗事物,锈迹、斑点、幻觉
伤口的炎症,暮雨在窗外
淋湿棕榈,衰败从工装的蚀洞开始
我用弧焊机将沉默、贫穷、阴影焊接
生活的形状,那些易逝的时光照亮
图纸的幸福、职业病……柔情的眼神
我把爱铆进铁具,在机台的噪声中
它们缓缓沿一枚螺丝抵达你的内心

消失

一些在流水线中消失，一些影子
投在树尖的繁星，不幸而渺小的疼痛
在机台积聚，消亡的记忆突然涌现
陌生的工业区，一些螺钉、订单
古老祠堂上空的繁星，卡座的少女
我不知名的工友，凤凰大道混浊的黎明
那时我在机台上守着一些美好的词
漂泊、理想、远方……天空的月亮
尘世的悲伤，以及车间光线中的面孔
寂静的午夜，我不曾说出奇特的愿望
我有过外乡人的迷惘、困惑
如今，只剩下潺潺的寒溪穿过
荔花在桐木岭盛开，青草爬满厂房
我感受到沉寂再次升起

歌唱

在炉火中歌唱的铁，充满着回忆的铁
它的低音或者高音，疼痛而尖锐的生活
它的方言披着春天的炉火与秋天的雨水
这烙红的光泽，让生活慢慢地磨损
熄灭，那个在炉火中坐着的年轻人
唱着歌谣，她看见落日正从炉火间
走进工业区楼群的车流
在它宽阔的明亮中，有着我的忧伤与眺望
也有着铁绝望的哭泣
我的悲伤在落日中坚定
我的歌像低声的流水穿过
剩下，一桶白色的希望在火光里晃动

无题

在异乡窥探天空冷漠的月亮
洁白的躯体布满乡愁和爱情的修辞
它点缀我、机器、李白的梦与想象
白银或泉水的光泽，羽毛样的哲学
不被机器切割、分裂，古老的江畔
岁月为它亘古的诗意增值，在车间
我惊叹于它的浩大与孤独，疲倦于
它身体烦琐的比喻和象征，在夜里
我把自己托付给它，黑暗中的明亮物
它从我身体里抹去白昼与悲伤
我在机台写下它的诗篇，油腻的词语
一块铁器上奏出无限延伸的音乐
星星将几千年前的清辉洒在我的身上
窗台的昙花只为我盛开了一瞬间
啊，命运曾给我们无限多的美好
我们却总因为别的事物而将它们遗弃

痛

一枚小小的螺丝,缓慢嵌入
工业的肉体,被拧紧的——痛
从塑胶到柏油水泥道
微微倾斜的天空在雾霾间
露出月亮样的孤洁与困惑

灯蛾

我更在意一只飞蛾的欢乐与痛苦
它们和我一样，因为弱，因为小
弱小得无人关注，也无人在意
它们娇弱的身躯扑向火焰，即便命运
被焚烧得突然终止或完结，但我仍然
惊诧于它美丽的躯体扑火时的浓烈
哀叹于它余火轻灰的生命
它照亮我太多放弃的抵抗

遇见

我见到循环枯荣的树木、河流，摇晃着的
身影，明亮的星辰、月光，苔藓，正在锈蚀的
轴承与铁钉，尖短的锻打声，噗噗的气压声
短暂明亮又陷入虚无的火花，不可预料的
伤痛、死亡，莫名的忧伤，灼热的铁沉入水中
发出可爱的声音，在幽冷的黑夜变硬的铸铁
我遇见它们，相互诉说、倾听，被锻打着
巨大的回音，有如童年不断缭绕，它们渐逝于
遥远处，像接近熄灭的火焰闪烁，六棱的
槽刃间，蔚蓝色的焰火照亮它尖锐的顶端
在圈圈螺纹路径，安置好工薪、青草
爱情、乡村、美梦……她把自己的肉体与
灵魂消耗在这里，有时她梦见朝阳，落日
恍惚的爱，蓝色的工装，有时她遇见窗外的
飞鸟，摇动的树叶，万物明亮而忧伤的眼睛
她压下开关，在巨大的力的碰撞下，那块块
铁变成制品、零件，仿佛她自身在不断地
锻打人生，她沉默地看，听

漂泊的命运

带给我漂泊的命运,图纸、铁钉
路灯点亮无尽的街道,陌生的工厂
在我的身体中穿行,一闪而过的喧哗
忧郁男工带给我零乱而颓废的爱
劣质的酒精让我抵达隐喻的梦境
流水线的卡座,缓慢移动的斑点
在贫乏的日子里,工厂冷漠的围墙
为我们保存锈迹斑驳的眺望
从寂静的塑料凋零或腐败的青春
工业区的薄暮带走永不重返的歌声
晨曦滑出铁丝网与围墙眺望的斜坡
我打磨金属般的欢愉和春日的天空
朝北的窗口田野遥远,木棉凋零
拖行李的外乡人追赶南下的火车
油菜花正开遍了铁轨两边的山岗
它们哀伤地在旷野等待漂泊的命运

隐秘的秋天

我们曾有过那座城市的欢乐与忧伤
它港口的船只,高速公路的货柜车
深夜酒吧喧哗,冷漠而高傲的姑娘
在静谧的夜,为爱情收集了落叶与露水
屋顶经过的迷途者与星星,我们在工厂
用铁的语言与生锈的词根剖开高耸的
烟囱,那玫瑰色的未来,彩色塑胶与
灯饰从身体挖掘隐秘的秋天,外省人
投身于它的繁华,却从来不曾拥有它
我们像尘埃不值一文,但无数的我们
堆积成了它,敏感的时间融化万物
为无法挽回之物懊恼,钟情于毁灭之物
在怀旧的暮色间迟疑,靠近凋零的白昼
比秋天更疲惫的身心拒绝时间的庇护
灰色的大街会加深我们的沉默
夜晚残余的液汁瓦解城市的白昼和怜悯

时间

时间像一把痛楚的铁锤敲打我们
痛苦有如铁锈一样猩红，饱含热血
它暴烈，明亮，有如一台大功率的
机器，不停地运转，低沉的岁月
山河，迷蒙于窗外，在忧郁的五金厂
我爱上起起伏伏的群山，它们在机器的
轰鸣中摇晃，我爱上油腻、混浊的事物
冷却油间的铁屑，机油里的螺母
转动的轴承，污秽、安静的角落
某个磨损的零件，深夜机台的嘶鸣
饥饿的料槽，一颗懦弱而胆怯的心
它的低诉、呻吟和尖叫，机台运转的
铁器，它尖硬的肉体，光滑的曲线
工业时代的赞美和奇迹，它们饱含着
我的青春、激情、萧萧落下的时光碎片
它们一起熔铸在这钢铁制品间，构成
这个工业时代灿烂的容颜

在黄麻岭的暮色里

在黄麻岭的暮色里,落日将五金厂的
蓝色玻璃加工,像刚打磨的铁零件
安放在凤凰大道,我用刻字机写下
横纹丝攻的生产日期,未来伸出
葡萄的触须,月光像欢乐撒在机台
它分享着我冰凉的冷漠与酸涩的痛苦

在潮湿的郊外,时间在铁锭上盛开
一朵朵奇异的花,它奇妙的斑纹
向漂泊的命运呈现漫长而混乱的悲伤
寒溪遗弃荔枝林,道路伸向远方
钻孔机向黄昏垂下油腻而冷漠的面孔
令人不安的辘套机企图吞食我的手指

日落滋养辉煌而绝望的念头,它的余晖
在我的心里构造众多形状不同的车间
穿过光线交错的长廊,线团样凌乱的命运
被织机纺进现实的布匹,不安于宿命的女工
像流星燃烧于窗外的旷野,瘦小的身体焚烧出
短暂而坚定的绚烂,消逝于黄麻岭的暮色里

唯有痛经才能唤醒我身体里的女人

把手安置在绿色的开关，被塑胶按钮、指示灯
机械臂深深包裹的人生，我怀着全部的虔诚
在流水线上的某个机台卡座，远离性别的日子
长发与丰腴的身体裹进桶状工衣，丝绸般的手
裹进劳保手套，最明亮的眼也无法窥视雪白
女性的低语被机台的轰鸣删削，细腻的爱情
被油污、扳手、铁钻头调整，电焊的铁面具
被电溶解的银白液体，香水从机油味伸出的
一截嫩绿在钢花溅落的瞬间点亮女性的柔情
钢针机在嘈杂的车间中起伏，钢索升起黑爪
抓住车间灰色的孤寂，钢条焊接的伤口在愈合
塑胶融化像灌木丛般燃烧，唯一的绿意在心灵
在干涸的车间枯萎，注塑机狮吼般的啸声
弹簧、螺丝隔成冷漠峭壁，在链条与齿轮间
断裂的困顿摸索着罚款单醒来，睡意的降临
它沮丧地被电流划过……超声波轧下——轰
睡意从眼睑像退去的波浪，留下牡蛎与
贝壳般嘈杂的料台，在远离性别的车间
唯有痛经才能唤醒我身体里的女人

用羽毛缝补破碎的天空

月亮冲向雾中的气压机,哐当
融化在高温橡胶里,天狼星从天空走过
狼头被我压进橡胶间,七个清晰的印迹
像雪落在七月的旷野,星星朝北方陨落
我用一枚钉子、一根羽毛缝补破碎的天空
夜晚在切削液里流动,黏稠的苦艾与乌云

山羊用蹄子猛烈敲击大地,咚咚
刻字机插入油腻的铁,短促有力的词
光在雪中闪烁,蕨类植物爬满胡须
鸬鹚长嘴划开波浪的皮肤——明月高悬
不偏不倚在千分尺,枢轴转动
暴躁的七月在研磨液里变得温柔而安静

黝黑的机台推动野天鹅的脖子,嘶嘶
它的哀鸣在喧哗的车间模仿七月的郊野
异乡之花盛开在黑机油与碎料机之间
红褐色的锈迹围着忧郁的蕊,白墙与
铁丝网囚禁的夏日,飞鸟从机台上遁逃
切断的铁块在冷却液里安栖,生活在凝固

螺丝的爱情

在孤独中,我跟一枚螺丝相互触摸
彼此的身体,在日与夜的缝隙间
我们相爱着,在同一机台,我们彼此
召唤,寻找,确认,机台拆解我们
又装配我们,用细小的铁片、胶片
齿轮,重复的日子让我们盲从

我们的爱在加班的午夜,你松散
我疲惫,两具过度兴奋后的身体
我用扳手拧紧你,你用次品揪着我
疼!将我们的睡意从睫毛赶到螺帽
在封闭的车间,我们彼此燃烧
你用清晰的螺纹,我用明亮的青春
静静地,我们的肉身苦涩而盲目

焦虑与欢乐交替的机台,在寂寞的
喧哗和孤独间,像图纸在铁片上
像弹弓在压抑,钢针混合机器的敲击
在机台的颤抖间,你磨损,我衰老
最终成为工业的次品,被分离,被抛弃

九月

用手触摸那敏感的绿色按钮,蓝电线里
奔涌而出的力收割好孤寂、霜、落叶
机器喧哗的九月,切裂的铝条,钻孔的铁片
半成品的塑胶……环绕的鸣叫,红色的灯
闪亮,一双葱绿的手抚过白雾弥漫的九月
我动身出发去东莞某个工业区,在灰的皮肤
雾霾制造的虚幻接纳鱼骨天线与眸里的秋水
九月将透过半月形的图纸、橡胶、女工的眼
印上卡尺的精度与打工的茫然,我在薄铝片上
压制了星宫图,月亮正在指示灯的反光间
它冷漠的面孔,像霜剥去树叶与树枝的爱
一根导线点燃的超声波,纠缠的力绞开九月
在它尖锐的爪子上放置塑胶片,将岁月压铸
在一块薄薄的手机外壳,粗糙与光滑的九月
迅速静止的半成品,像某种遗迹烘干在时间

月亮在天空

月亮在天空,滑杆在推进,恋人们在床上
我在砂轮旁研磨螺丝,千分之一微米的精度
比词语在诗歌中更精确,乳白色的研磨液
吐出湿漉漉的夜晚,荔枝林潜心于生长
白炽灯沉缅于发光,我沉醉于忧郁的诗艺
与工业的幻术,在碎纸片上写下孤寂
隐秘内心的花园,异乡的月亮照耀

液压机在喘息,齿轮在运转,橡胶与塑料
塞进模板,升温的气体在手刹间涌动
愉悦的星期天被封进机台的密闭气罐
在上升与沉落之间,春天正从窗外的
荔枝林经过,眺望与喜悦构成我的诗句
在塑胶、铝片、二元晶片上,气压机
猛烈地咳喘,它吐出模糊的月亮
像天空中的次品,忧郁而失落

炉火在闪烁,阀门在分流我的痛苦
指示灯的立柱上升,扳手在拆卸
爱情的皱褶。焦炉把皱巴巴的黄昏
铺在烟囱的尘垢上,碎料机将白昼搅拌
得粉碎,我把逃逸的碎光线唤为星星

用捆绑带扎紧失业、诗歌明亮的词
和职业病,它们猛烈地颤抖,从胸口
吐出一轮乡愁的月亮

石榴

谦卑的细轴承转动着布匹、订单、利润,一双静默的手
她的厚茧无声叙述,在沉默中,她的长咳
像窗外的黄昏骤降,寂静的大海在远处翻腾
一棵浅色的石榴树出没在北方的庭院

梭子转动

石榴在春天展示着它全部的色彩,布匹在机台上
似旷野的石榴在生长,来自北方的女孩
她浑圆的脸庞挂着石榴般的微笑,炫目的彩纱
在梭子下转动……布匹上停着果肉般的寂静

梭子如牛轭沉重

绿色的大地到灰暗的苍穹,黑夜中将有太阳诞生
彩色布匹尽头,她近乎无邪的眼睛与天真的青春
雨落在货柜车上,她的头颅里站着一棵石榴树
北方庭院的温情,窗外正下雨,天空由蓝变黑

梭子如犁铧亮

在大朗小镇,布匹的声音像一颗颗石榴绽开

破溢的透明果肉与红色的种子，隐藏在寒溪河
黑汁水奔涌，细小的毛绒像石榴树在光线中涌动
这石榴，这布匹，在破烂的肺间渗透石榴味的痛

梭子似静止翅膀

许多黄色和橘色的光倾泻在窗口，她在布匹上织下
鸟兽与花草，一棵站在记忆中的石榴在光影间舞蹈
在异乡为那咸涩的种子祈祷，枝叶欲飞翔的石榴树
突然静止，在梦的边缘，布匹样的天空垂落

梭子锈如黄昏

那株生病的石榴树有着梭子样的悲伤，雨落在布匹
与她的身上，那红色、绿色的石榴在衰老，倒下
在一个下雨的日子，她瘦得只剩下一小盒骨殖
回到北方那棵老了的石榴树下

警示灯

明亮的警示灯投下模糊微黄的光线
冷漠车间微弱的暖意，但愿它能保佑
我的手指不被机器轧伤、噬咬，夜色
加深它的轮廓，绿色的灯杆蹲在车间
岁月在它的身体刻下衰老、疲惫
它睁大了眼，像年迈者，它曾目睹
半截断指，指甲伤痕留下的瘤疣

窗外的冬青把微凉的初冬收进身体
碱性的悲伤与酸性的愤怒凝结警示灯的
三原色，在机器轰鸣间我们长久地对视
两个孤独的人融化于彼此的目光里
铁锈的深处，时间斑驳出古老的伤感
打工者匆忙消失的暮色，她的酸涩是
北方山梁贫寒的柿子树，她的自尊
凝结成小小的灯，工业雾气间的迷茫

灰暗的光遮住了苦难与悲伤的面孔
警示灯昏蒙如肺气肿的患者，它的鸣叫
尖锐中的喘息，在被揉粹的铁屑间升起
冷却油闪烁着黎明时暗淡的星光，它闪烁
穿着黑夜的长袍，它是孤独的，白昼

在窗外的树枝上积结、燃烧,灰暗的影子
被柴油机的齿轮轧压,仿佛沉默的伤口

时间从工业区的皱纹里脱落

时间从工业区的皱纹里脱落,老朽的
角质层像光落在地上,混浊、颓废的
工业区街道,灰玻璃与白石子墙
投影耀眼的日光,蓝工衣厨工注视
困倦的凤尾蕉举起球形的花蕾
织机纺着尘土的下午与幽暗的脸
货柜车穿越白水泥道,行色匆匆

提行李的少女苍白的脸与手臂
她从威严的厂规露出婀娜的身姿
春天无依无傍走着,从油腻的机台
彩色的导管线,单调与枯燥涂抹
工业区的脸,路灯尝尽人间的悲欢
寂寞而忧伤地站着,像黑夜的杂役
沉寂的正午,阳光缩短孤单的影子

工厂红色招牌焦虑地等待面试技工
苦涩在厂房里沙沙流动,加班女工
分手的爱情,潜伏钢铁森林的失业
职业病,黏稠的睡意从进料口延伸
仓库,改刀修理失落的肉体与次品
时间凝固成塑料中的静寂,她用
注塑机的喧哗唤醒,直至下班钟响

照亮

我写支离破碎的铁片、塑胶、螺丝
天空破碎的月亮，车间水泥地的油迹
工业区污浊的河道，衰老的道旁树
丧家之鸟飞过荔枝林，我拾起
破碎的词语，机台的锈斑，发黄的纱布
无所事事的失业者，劣质烟呛出的咳嗽声
路灯下少女的迷茫，用略带光亮的词语
描述这破碎的生活，一辆开往远方的车
停靠未来与眺望的薪水，漂泊的爱情
铁钉把理想与希望钉进疲惫的身体
空荡荡的大街与厂房，倒闭的鞋匠铺
从窗户向外望，一轮明月
照在地上，照亮乡愁
照亮我，也照亮迁往越南的他

诗的节奏

我的血液中流淌着三个月亮:屈原、李白、荷马
它们顾菀在腹,对影成三,雅典的上空
史前万籁俱寂的夜晚慷慨地照耀大地
醉酒的水手们驶向梦的境界与世界的尽头
如今,异乡的窗口,我从夜的深处撷取它
明亮的光线与乡愁,我投影机台的落寞
它在天空滑行,带着古老的气味
我凝视在银灰色灯光里消失的夜景
阳台上女工们的期望,当我的目光与月亮重合
那赋予万物以温柔的月亮,繁华的工业区街道
在它的上面,迷宫的夜晚交错棕榈枝叶
那在暗中打量我的警报器,它精确的角度
打开的幻想与孤独,一片震颤的月光
从背脊上流出,那些冰凉的月光照亮
运转的机台——那声音
也许,就是古老诗句的节奏

不完美的事物

在白炽灯的裂缝间,生活它枯瘦的身影
与我不安的影子重合,它黑色的怯懦
向我伸出树枝状的柔弱,水母样吸附我
铁被切割的哀痛沿天空裂出尖锐的伤口
它带来众多的词语和图纸,细长的汞柱
燃烧的镁片,冒浓烟的锡条,瘤痂般的街道
我饱受时光的困惑和煎熬,不被岁月吞没
不为现实折磨,从疼痛的裂缝溢出的光
人世非凡的金属,不被宽恕的命运与痛苦
降落更冷的世界,我笨拙的手,眼里的泪
哦,那混浊的、濒死的、古老的寒溪倒映
天空晦暗的星辰和工业区外省人的悲哀
挫败的灵魂,失落的黄昏,期待的黎明
在大街裂缝奔波的女工,荒诞的萎靡
爱与嫉妒沿裂缝的光线恢复它们的面孔
我确信,那不完美的光越过不完美的事物
它们用彼此的缺憾构成了完美的世界

独处

我无法说清楚它清晰的过去或者往昔
荔枝林和祠堂留存迁徙的悲伤和记忆
高大的工业区保存现在或者未来的风景
小小卡座上有辛劳的青春与暗淡的爱情
在陈旧的图纸间寻找月亮与泪水的形状
它被我按在机台上等待加工的镜子
在窗口,它映照凄清的乡愁和远方
我在深夜打开大海与黎明,也拧紧
梦想与螺丝,为新修的街道铺上
金属的词语,记录它生锈的傍晚
不确定的路灯为它设置好生命的旅程
木棉从庭院穿过,直指静静的天空
三四口荒废的水井在荒弃的荔枝林
男工们挣扎于小镇巷子混乱的诱惑
瘦小女工眼里的茫然和身体的孱弱
我酷爱小镇身体的郊野,菜园的小径
独处的暮色,晚风吹拂我平静的慌张

辑三：发光的事物

另外的工厂

从铣刀竖下忧伤的黄昏,被它开槽的回忆
我们在日暮时分离别的车站,你提着蓝色的桶
衣架、草席、灰色的委顿……失业的悲伤
在异乡的小镇,落日在迷离的厂房楼角
洒下一片清辉,你将去另一个工业区的机台
在另一张白色的工卡安栖,在另一处会有我们
想象无边的梦境,那令人不安的晚霞带给你
一片辉煌的眺望,你将去远方的工业区
另外的工厂比这里更闪耀,但命中注定我们
只是卡座上的工号,身体、塑料、布匹、铁片
都被压成薄薄的工卡,它们收留青春、悲伤与欢乐
以及我们眺望的朦胧而光明的未来。这里或别处
在林立工厂,岁月无声而逝的城市,你或者我
或者他们,永远走在同一座卡钟,上班,下班
它把我们的生命切割成一块块,再装配成制品
我们的爱情因为远方而变得忧闷,衰老而劳累
那些潜伏在我们身体里的繁星、月光,高耸的
厂房、零件与喘息的机器,我们正经过甬道
我们一同老去,直至我们的双腿不能再去寻找
另外的工厂,我们将变成这里的一部分
我们将自己融入这里,被人遗忘的这里

命名

我无法理解光线中的尘埃，洁白的米粒
饱含汗水的馒头，幸福的光线和叹息
窗外循环枯荣的树木，河流与春风
紧锁眉头的忧虑，无用的茫然
纸上这些明亮的词语，它们对万物
命名，悲伤、悔恨、啜泣、叹息
在她们悲凉的嘴唇上方有绝望的眼神
灰色的痛苦，流水样的理想与爱情
带着它们从远方来到这里，寻找
生活将赐予我的甜蜜泉水，要像星辰一样
在广阔的黑夜里挖出一口口明亮的井
像一棵草，就在春天里倔强地生长
像一条河，就不要被堤坝捕获
对生活充满了热爱和感恩，对不幸也不
怨恨，万物活在这个世界，它们都将
努力地成为它们自身，它们经历大海般的
疼痛与悲伤，才有辽阔的幸福与喜悦

剖开

习惯了在疼痛中对万物无尽的幻想
对一棵树、一颗铁钉、尘世的灰尘的爱
对庞大的机器、时代或者资本的蔑视
这些江水带来的悲伤,它们弯曲蜿蜒
像远古的炊烟,这些眼泪将为弱小者
熬出生活的盐巴,这颗动荡不安的心
像被剐削的山峰颤动,不能不面对的
命运,饱受它的恩宠与折磨,它不愿
葬于庞大而空虚,守着痛楚的慈爱
它要扶起躲在暗处哭泣的妇人,那棵
被风吹倒的幼树,隐秘处的昆虫,啊
那颗微亮的星辰带着一丝光亮照耀
她的内心,在明亮的心灵,它像一把
剃刀剖开黑暗,剖开波浪间隐藏的哭泣

沙面岛

砍伐的紫檀木在展示时间的年轮
穿过匠人的手艺,木器的博物馆
日光:照亮珠江中的沙面岛,地铁
穿过行人的脸,夹竹桃沿钢管吐出
猩红的秋天,铁桥在淤泥中晃动
长裙切割少女的年龄,一个人压住
另一个人的梦,她正梦见月光、星辰
日光晃动的江面,钓者从混浊的波涛
伸出生存之线,鱼与火车咬住码头
车站、游轮,幻象的树枝摇醒天空
春天短暂得像河流,古老建筑折叠
炽热的往事和海市蜃楼的记忆
高压线穿过头颅,融化的铁鸟在光的
裂缝与阴影遇见弯曲、破败的秋天
交错的树枝与陌生的星星

南社村

乘一辆车去时光缓慢的小镇
那里有无人居住寂静的祠堂
木棉花在庭院外伫立,路畔
洋紫荆花垂下半尺长的豆荚
粉红花瓣落在地上闪着光亮

时光寂静宛如一位长裙姑娘
白色帽子遮住她忧郁的眼睛
外省的口音带着淡淡的迷茫
白昼徒然,遍布纯棉的缓慢
野草在黑瓦上度过漫长一生

古老的房屋边青藤爬满围墙
夜晚的星辰像蔷薇盛开天空
红灯笼挂满温暖的梦与爱情
没有马达声打破这里的安静
也没有工厂齿轮吞噬着青春

绳索

峭壁的黄昏从街道垂下一条古老的绳索
印度人沿它攀缘到天堂,线团样光线里
清洗车刀、钢针、次品,在寂静的暮色中
我与机台的影子彼此安慰,两个孤单的人
在沉默中发出轰鸣,螺钉几枚,塑胶片
温驯的自动钢针机,钢花的面孔,淡蓝的
合格纸,我在苍白的工卡记下凝滞的岁月
拉线与青春,爱情与分离,破损的次品
齿轮般咬合的昼夜,锯齿状的理想被失业
一碰就断,俯身倾听钢铁柔软脆弱的心跳
打磨机的铁屑像落满暮春庭院的国槐花
它们静静飘落,我爱着的寂寞的暮色
像铁刺头一样粗糙的词语,在机台上
弯曲的身体,沉默的女工友,她们低头的
羞涩,男工友滚动的喉结,年轻而困顿的
身体……我们沿着生活这根绳索,摸索的
爱与恨、梦或叹息,被工卡收藏的人生

盛开

有些花在凋零,它的名字会盛开
郊野的鼠尾草,阳台的水仙
夜里开放的夜来香,梅雨后的
栀子花,我在低矮的枝条上触摸到
雨水、月光、落在唇上的露珠
困倦的夏日、梦的金属、嗓音的齿轮
生锈机台的理想,在什么也没有的落魄中
唯有梦和理想赐予的远方与诗歌
天空为我劈开云朵的阴影、炼金术
在伤心的日子,我从窗口眺望幻想
破晓的黎明,被命运伤害的秋天
我将这些枯枝败叶聚集在黄昏
落日的余晖带给它们灿烂的身形
照亮天空古老的痛苦和我的惆怅
我行走在风景凋零的街道上
废弃工厂的花圃,花朵凋零
但理想不能枯萎,理想不会枯萎

门与窗

记忆中荔枝林的爱情与机台上的青春
它们都已不复重返,黄昏的集市
背行李的外乡女工种下各种形状的未来
被不良制品折磨的夜晚,污渍斑斑的繁星
从生活的裂缝撒下泥沙俱下的人生
榕树用阴影庇护乌云般的不幸
在曲折的小巷迷失的我,纵横交错的未来
被时间与厂房无限地交叉,万物皆有因果
命运并非偶然,河南女孩遇见江西男工
她消失在荔枝林中的性命,被机器遗忘
我用汉语收留尚未被流水线磨平的愤怒
明月照亮窗外白瓷片的欢乐与眺望
霓虹不给流浪者温暖与梦,漆黑的夜晚
寒溪瘦弱的身体劈开我黏稠的伶仃
在狭小的出租房,木桌、书本、梦
以及比人类漫长的诗带我穿过无穷无尽
我在这里写着一首幽深的诗
在天空中挖出一扇窗户与一道门

梦

梦从梦里醒来,时间从时间隙缝流逝
星星涌向寂静的窗外,脱海之岸走进旷野
用一个梦困住欲望的机台与远方的困惑
万物正以逝去的方式得以永恒
生锈的铁打造一件旧日的乐器
它奏出拂晓的微风,日暮的大海
无声无息的哲学渐隐于沉默的书籍
资本、利润以喧哗的姿势挺进高速公路
废弃路基铺满野草繁茂的想象
荒芜的铁轨把梦伸进晓日初升处

铁桥

我总在暮色完全覆盖瓷器厂的时分
凝视那因暝色而不再丑陋的废弃品
因爱情变得温柔的天空,郊外的荔枝林小径
工业区与村庄的接壤处,旧有风景的庄稼地
妥协于工业的栅栏,推土机带着齿轮的力量
降临对面的山头,失业者躲避暂住证的墓地
经常纷争的交叉小道,记忆里可怜的
被杀害的女工,我在铁桥上面对潺潺的寒溪
暗自发誓要开始更美好的生活,却屈服于
一台陈旧来自高雄的螺丝机,在铁片与塑料上
钉下一枚枚螺丝,涂抹上毫无用处的胶水
当暮色带着它的翅膀飞临,我的乡愁跟随
夕光在铁桥上晃动,在逐渐模糊的暝色里
我看见朦胧的命运被爱情照亮

无用之物

他们把无用的智慧开发成人间的万象
机器、工厂、利润……我惊叹古老街道
宁静的夜晚,无用的月亮照着空旷的人间
荒弃的公园,阒无一人的郊外剩下荒蛮的
星辰、溪流、萤火,荔枝林惊鸟的阴影
明月中的孤鸿,那令云彩死去的烟囱
那令我困倦的五金厂,那嘲笑的外乡口音
涂抹胭脂的小巷女人,卖花的女童
我还在这里写无用的诗句,它们曾安慰
我和天空的风,安慰夜的伤口和飞鸟
在我躲避暂住证的墓地,我和你
被这无用之物牵引,委身于黄麻岭
游荡在各营生中,为梦想之物伤感
沉陷,迷失,在困顿中告别,分离
在被现实伤害的欢乐与困境中
它给我颠沛流离的日子带来魔幻般的往昔

东莞

东莞像充满诱惑的梦境，我渴望它
炽热而闪亮的霓虹，却陷入沼泽般
惨淡的白炽灯的车间，它的空洞、乏味
白围墙与黑铁丝网围住疲困的五金厂
外乡人将向往与希望嵌入它的躯体
它混乱而嘈杂，糙肉般充满活力
漫长而温热的黑夜，繁华而冷漠的白昼
它的大街遍布各种形状的梦想
路灯下的青春，误入歧途的少女
在酒店低声哭泣，飞车的少年
飞快消失的背影，脚步低沉的女工
她们劳累的面容，小巷的夜宵摊
喝醉的人在高谈阔论
不远处闷闷不乐的工厂少年
迷宫般的城中村小巷，时间的白石灰
抹满理想的墙壁，鲜活而危险的东莞
它是外省人的地狱或者天堂

长夜

在黑夜，我收好雨水、梦境、爱情
在白昼，我整理塑胶、图纸、弹弓
落日积蓄好了我的孤洁、茫然、汹涌
地平线埋好我的悲伤，铁片阴影里的困惑
我将塑料拆开又装配在时辰的深处
它近乎虚幻的形体贴着我的影子
像我的青春凝固在塑料的液体里
月亮陪我行走在空荡荡的街道
郊外的田野安静得剔掉所有的杂质
在黄麻岭的夜里，遍布喧哗的机器
白炽灯，我的眺望、期望、恋爱
工厂的烟囱向天空诉说黑色寂寞
昼夜不息的寒溪接纳失眠的机台
我用漫漫长夜折叠好脆弱和不幸

切割

我的乡愁刺进深蓝的天空
在黑夜等待星星不确定的凋零
时间堆积出宇宙的质量,尘埃
吞噬储存卡的图像和野蛮的诗篇
记忆和想象繁殖着丰富的自我
在一本书中寻找一个字的结局
在一扇窗口推开一片深邃的海洋
在一个庭院剪下一段潮湿的童年
黑色的机台和年青的男工(他忧郁的脸
在警示灯里显出午夜般温暖的光)
那尚未滴落的黎明与黏稠的塑胶
被机器压碎的梦,合格纸上的日期
黑夜像铁水一样凝固,它比羽毛更轻盈
落在疲困的眼睑,我的痛苦熔成铁里的锈
镜中的光斑,空气中的灰烬
你将从暮色中取出玻璃上的光,白天的回声
你是车间宁静的植物,用爱堆出我的宇宙
所有的夜晚都被我挥霍,你用微小的螺钉
钉在这白色的图纸与制品上,它们弯曲
机器把我的伤感切割出众多的黎明

黎明

黎明从小镇的郊外降临
明亮的事物渐渐从晨光里浮上来
不远处,潺潺水流的寒溪
小鸟飞过低浅的天空与夹竹桃林
瓷器厂的夜班工人,学校的孩童
菜地劳作的广西人,豆棚卷曲的藤蔓
淡蓝色的扁豆花,我经过荔枝林的幽径
看到蜘蛛在结网,蜜蜂起伏花丛
女工们转动织机,货柜车跨过立交桥
历尽漫长黑夜的万物正在苏醒
光将喧哗和繁华推进凤凰大道
我伸手握住那奇迹的光线,它们像
无尽的未来,滚滚而来,照亮窗口
身体、心灵以及那株无人关注的水仙

暮春

庭院里的木棉与水井、水泥栅栏看护
洋紫荆花的暮春,它们在光亮中摸索
外乡人清晰的痛苦,脆弱的花瓣燃烧
落日在窗外模仿悲观主义者的形状
它照耀人间的乡愁、寂寞以及衰败
我缓步穿行于低矮的屋舍,古老的祠堂
杂货店拖行李的女工,拆布机的齿轮
我遇见在旋转中碎裂的面孔与布匹
溪水流淌的秘密,一只蝾螈爬过泥墙
我孤身一人在郊野,暮色正倾泻而下
而我把自己抛弃在暮春的异乡

噪音

在这里，噪音里的光、雾、工人
灰色的伤心与幻想的激情，在无数个
无法追忆的夜晚，我形单影只，忍受
消瘦的理想，干涸的爱情，在大街上游荡
寄居薄如月光的铁皮房，在被忽视的郊外
我承受屈辱、迷茫、孤独带给我的重负
为损害的肉体与灵魂忏悔，喧嚣的尘世
塑料融化的恶臭车间，铁片与橡胶
在模具里走动，让我明亮的晶片和毛绒
我遗忘所有的幸与不幸，被损伤的青春
通往大街的巷道，白色时光从墙上剥落
年轻的女工们忘记的明月，它带我穿过
荔枝林的小道，半路上矮小的土地庙
撒谎的星星，羞怯拘谨的日子，被我扔在
车间的机台，大街的垃圾箱……我们都是
无法从噪音里抽身的外省人，饱受资本的
伤害、歧视，又将被它抛弃

雾

怀旧像古老的花纹布满我的生活
逝去的时间如海上雾中的桅杆
模糊中渐行渐远,高耸的杆尖
带给我潮湿而清晰的记忆,徘徊在
凤凰大道的沥青路面的光与影子
在机器的睡梦间尖叫、起伏、远去
嘈杂的阴影覆盖住迟疑的钉子和我
雾将我淹没在它庞大而虚无的身体
时间吞没异乡的爱情、梦、理想
随岁月增长,它们不再有往昔的轻盈
我在这座城市的大街小巷游荡
漂泊无依,为了寻找可以安身的角落
理想留下一点光亮,照亮混浊的日子
艰辛的生活,爱犹若茫茫的雾中
一盏会鸣叫的灯,它亮着,鸣奏
在雾的尽头,我小小的心应和着

悲伤的事物

我徒劳地面对令人悲伤的事物，哑的铁
聋的塑料，瘸的橡胶，盲的灰白街道
忧郁的夹竹桃，散发异味的天空
通往市场的肮脏小巷，屠户尖刀上
聚拢的苍蝇，活在奔波中的流浪汉
我们在等待工厂古老的蒸汽机启动
焦灼的声音推动沉重的轮毂
排气口令人呕吐的异味、热浪
让我精疲力竭的日子里
辛劳是人世每日的口粮，蝴蝶没熬过冷冬
它闪亮的翅膀消失在季节的遗迹间
星星搅动天空的明亮，分食深夜的奔波
人类的伤感，金牛座颤抖，小摊贩的灯
举起枯黄的希望，它的光让北风更暖些
街道上经过的三轮车、公共汽车、小车
它们的灯像叶上移动的蝴蝶，穿透沥青
油腻的小镇，穿过机油、钢铁厂、道旁树
路旁的无名花绽放，像喜悦在心底散开

川贵公路

肮脏的双层巴士奔跑在川贵公路上
月光像盐撒在我溃烂的生活上
一生漫长得必须离开这残破的小镇
冷风在舌头上短暂地停留,苦寒的滋味
贫穷的爱情已支离破碎,怀旧的暮色
没给我安宁,不再迷惑小镇困顿的堕落
畸形的陈旧,不安的彷徨、困惑、痛苦
明亮而神奇的南方可治愈挣扎的青春与
荷尔蒙里的激情与乖戾,它将带我去
明亮而繁华的生猛都市,那里的混乱
生猛得如瀑布般浪迹天涯的人生
游荡在稻田与乡村小镇的贵州少年
拿着长刀、铁棍蜷伏在国道两旁的草丛
在路边等待"东莞—南充"的客车经过
准备伏击长途客车里的归乡者,他们最终
与川贵公路上被抢劫的四川少女
重逢在南方小镇的电子厂流水线

荔枝林

夏日失明的黄昏,昏暗的荔枝林
浅灰的斑鸠在心间投下光影般的叫声
地平线的边缘一片淡蓝色的野花盛开
那么多模糊的面孔渐渐隐进暮色
幻影的镜让我保持棕色或红色的寂静
我从寂静的树林取下虚无的蜻蜓与羽翼
它振翅,透明的颤抖统辖着神经末梢
黑夜像水一样漫卷,野兔避开危险
归圈的羊它眼里的哀怜,又湿又冷
月亮在草丛翻卷,冷清的溪水披着孤绝的
玻璃,草木的织锦与流云的条纹,我守在
空旷的原野,等待星的访客和漂泊的云朵
向深渊的黑夜叫喊,那波浪状的回音
隐隐约约消失在寂静间,渐渐柔和的大地
我用车刀剖开这山的夜色,零碎的火星
照亮山间的荔枝林,仿佛一串串圆润的韵脚
沿着失明的夏日缓缓来临

阴影

我们在异乡的街道相遇，窗外伤心的
踉跄的明月，炉火照亮年轻的面孔
穿过晦涩的资本、利润，贫乏的寂寞
日本的旧机台缝上美国的订单，非洲的
铁矿石，熔化灰暗的词、图纸、青春
细碎的车刀修改微不足道的名字、年龄
成块的苦楚被塞进钢制容器，生活隐入
线团复杂的马达，啊，爱情的犄角刺破
伤感，破损的片段凝成塑料中坚硬的寂静
窗外被修剪的枝条隐藏着众多的伤口
凤凰大道感动于星河与车间的灯光
货柜车经过它衰颓的躯体，发蓝的苦涩
我们在小酒馆摇晃，扶住乡愁的月亮
最后一盏路灯，徒然隐没于黄麻岭的黎明
机台上崩塌的青春，散落在制品的阴影

梦的诗句

我等待一个无比神秘的远方
一辆夜行火车穿过南中国的春夜
窗外的星星召唤内心无限的秘密
它用微弱的光、星座、卜算、翅膀
我在隧道中等待黎明的光线
自由的羽翼,树枝栖息的梦
生命欢愉的暮色,深蓝的夜
火车经过隧道短暂黑暗中的沉思
亮如永昼的灯光投下坚硬的阴影
一块无声无息的铁片破解未来
在订单的裂缝,遇见漂泊的人
丧失乡愁,在明亮而孤洁的城市
我们踯躅在狭小的齿轮和塑料片
落日点燃寂寥的工业区浪掷的生命
我在旧机台打造灿烂的未来
用远方打造梦的诗句,诗歌赋给我
最奢侈的爱和不能抵达的远方

南方小镇

从炉火中取出来不及焚尽的酸楚
链条般的音节布满我们铁质的躯体
微亮的光线为梦想找回温暖的记忆
为爱造出幻觉的天空与大海
迟疑的云遇见北方的河流与暮色
古老渡口波浪状的乡愁
我们在南方小镇挥霍青春、梦
年轻的激情停靠在五金厂
我竭尽所能理解一块晶片、一枚螺丝
带给我生活的陡峭与年轻的迷惑
凤凰大道的楼群在心间洒下旧日的光辉
我在流水线上摸索令人伤怀的往昔
数控机床重复的秘密，它承诺钢柱彩色的梦
白色合格纸带给我远方的眺望
容纳外乡青年没有被生活或机器磨去的愤怒
它并没有赐予我们恬淡的小确幸
我们从遥远的乡村、小镇来这里
用钥匙打开并不存在的锁
它锁住南方小镇厂房的日落，生锈的炉火
荔枝林为我保存爱的秘密、孤独与寂寞

发光的事物

在异乡小镇寻找一条未知的街巷
如约而至的路灯,忧郁男孩,霓虹
我在某个机台等待一场明亮的爱情
它照耀我漂泊的旅程,四月穿过街道
荔枝林的飞鸟带给我陌生的面孔
古老的青石板砌出巷头女工的迷惑
谦卑的黄昏缓解孤独,它跟随我旅行
一起寻找那闪闪发光的事物
明亮的街道与楼群在夜里渐渐清晰
紫罗兰的暮色穿过塑胶片样的天空
自动啤机撞击瘦弱的人生,它不合时宜的
旧曲调,我在一张泛黄的图纸写下
俯首垂临的月光,它的哀怜投满大地
在异乡小镇,我与它彼此交融
像迟缓的梦境,也像永恒的尘世
在黑夜中等待水晶般的白昼与爱恋

穿过

你凝视发廊霓虹的堕落,那带着诱惑的香水
酒红色长发的姑娘,也忍受五金厂混乱的异味
在铁器厂生锈的日子里,被车刀剐伤后的疼痛
窗口提行李的少女拖着眺望与梦想走过凤凰大道
她们的青春、肉体沿注塑机台的阴影生长
那喋喋不休的卡钟与衣冠楚楚的路灯
亘古的繁星布满粗鄙的天空,银湖传来水响
一株鸡冠花在黑夜开放,毛织厂的女工
旋转黄颜色的缝盘,生活的线头纠缠她
在灰暗灯光里行色匆匆一闪而过的男工
他羞涩地跟在巷口眺望的女工拐进出租房
众多的羊蹄甲花垂下长长的豆荚
云朵在高处的天空中奔波,它的声响
像潺潺的寒溪,穿过夜中的黄麻岭

异乡

我想象的异乡：冒险、神秘
不可预测的未来带来未知的兴奋
小酒馆的黄昏，少年泛起内心的惆怅
拐角的士多店将落日递给我
工厂的齿轮转动宁静的街道
河南少女浑浊的方言清澈的眺望
窗口模糊的灯火照亮遥远的幻想
在异乡，我不会因伤痛而沉沦
去年的枯枝盛开今年的花
荒野有月亮，天空有星辰
我不曾丢失一意孤行的年轻
秋天、树、月亮，燃烧我的欢乐
飞鸟经过的梦与迷宫，我追逐
一生所不能到达的地方与时间

碎片

我们颠沛流离的孤单与爱,内心的拉线
铁皮房,春夜里的秘密,我们在陌生小镇
相遇又分离,我从未到过的山川、河流
你的童年,鄱阳湖的船,长堤,水中沙漠
在疲困的工卡分享着无用而模糊的青春
伤残的手指支撑着青春的记忆
时间光滑的镜中,一张张稚嫩的脸
所有沉默的、生锈的、腐烂的倒影
灰白、枯黄的愤怒与悲戚,而如今剩下
虚无的背影,我从一台生锈的机器
从衰败的厂房看见日渐远离的我们
那些渐渐被繁华覆盖的辛酸,我们的过去
被莫名的数字雕刻成GDP、CBD、福布斯
那些消失的人、树木、订单,时间竭尽所能
也无法返回的往事,变成一个个陌生的词
变成我们的记忆无法企及的爱与寂寞
我还守在这里,拾起尚未消失的碎片

铁器

在机台锻打出一件梦想的铁器
欲望、忧闷磨出它参差不齐的边缘
贫瘠的日子里,铺展开的水、云、光
炉火中的命运,切割机下嘶哑的声响
消融在幻觉的街道、公园、商店
那将万物连接在一起的铁丝、齿轮
将命运拧紧的螺丝,不可预见的事物
它们安放在梦想的铁器上
从它的身体取回繁星、光明、憧憬
从劳累身体分出睡眠、寂寞、劳累
跟未来签订的契约,只有梦想才能带走的
消沉、忠诚、厌倦……隔着时间、眺望
我不喜欢隐秘的漂泊,被阴暗的车间
摧毁的青春、激情、欢愉,我承受着
卡钟上时辰的虚无,无穷期的流水线
雷雨之夜黎明幽暗的面孔,阴郁的锈
在铁器与玻璃门上唱着笨拙的挽歌

巷头村

细微灰色的薄暮在视野里滑动,直至
黑夜完全覆盖住厌倦,它的缓慢平静
让我忘记落寞与曙光、友情、愤怒
以及四川话的羞涩与五金厂的喧哗
幸与不幸的青春,远方,少女的幻想
在一张小小的工卡上的忧愁,辛劳
愉悦的欢畅,晶片样闪耀的悲伤
战栗的烦忧,齿轮间的欢歌,毛织大道
梦的阴影,黏稠的形式,灰白的大街上
现实捣碎的屋顶与男孩,黑夜在窗口
投下淅沥的雨与参差的影子,在注塑机
轰鸣间,难以分辨的万物融入我的心底
小巷里炫目的贪欲照亮的脸,闪烁光亮
迷离的眼,混乱而充满活力的村庄
纺织机抽出富翁和流浪者,无数岁月弯曲
我长期厌烦于它天堂的梦境与辛劳的现实
我用一截伤残的手指点燃,照亮我的疼痛
梦,理想,遗弃在郊外的过去或者恋爱

竹山村

人间的白昼没有尽头，死亡只是
被时间瓦解的梦，从我的身体剥落的
孤傲、惘然，那比梦还遥远的记忆
蒙蒙细雨的黄昏，年轻的外省人
眺望的五金厂，我在黑夜中寻找
潮湿暮色带给我的声音，逆流而上的
日子，我们彼此温暖着乡愁、爱情
台湾人用闽南语讲述远方生活的残余
那我穷尽所有都不能抵达的地方
从窗口俯视竹山大道背行李的打工者
从我的脸上逾越而过的白昼与夜晚
在荔枝林被伤害的女工，从时光裂开的
缝隙间辨认未来和往昔，遥远而清晰的
理想，沿OSG丝锥的纹路滑进铁模具间
留下悲痛而尖锐的咆哮，从迷惘中投下
生活沉重的影子，钢质容器的锈间
命运被防锈油擦亮又被它深深地伤害

高英村

深夜在孕育曙光,唯有你给我
玫瑰色的宁静,辉煌如黄金的暮光
爱与愤怒写成的诗篇,宽广而苦楚的
白昼,在高英,我认出从黑夜溢出的
时间,日渐辉煌的星座,铁皮房的炎热
带咸味的风吹过木棉树与荔枝林
我们挥霍了激情,却收获了孤独
纯真与爱情是我们彼此的遗赠
两具燃烧的肉体被工厂劳累
它们压着梦想、眺望、异地恋的困惑
爱情在它们的阴影下日益脆弱
比人情还薄的墙,风中呜呜作响的铁屋顶
烟熏的窗户留下上一个人的惆怅与不幸
我们对爱情有奋不顾身的勇敢,与死亡
短暂的契约,要活着,在陌生的城市
打开天空的百叶窗,涂满朱红油漆
我认出的幻影、回忆,我向你坦诚
我的贫乏、冷漠、外省人的羞涩
跟窗外的树、车间的铁交换思想、回忆
向傍晚借来光,穿过高英村贫困的日与夜

给月亮

机器在夜里转动,星辰在路口闪耀
你的声息投影在我心里,像一只天鹅
鸣唱铿亮的欢乐与广场喷泉的甬道
它始终不渝,恪守温柔部分:乡愁、怜悯
同情,慷慨地照耀锈螺丝、街道、外来者
小商贩梦境中的街市,在工业区街道
衰老的郊野,漫长的铁轨,高大的厂房
陈旧的机台,外乡人的汗水
这些和谐却长存的事物,光线、订单
图纸、疑惑……让我困倦的一切
今夜在你的浩渺里,我加班冷却的激情
离别的爱人,天空粗俗的乌云,清澈的池塘
铁丝,瓦片,黄麻岭古旧的祠堂
机器把你的光线卷进高温的炉火、塑胶
在一盏固定的白炽灯下,你的希望、瘦弱
你寂寞的波澜,投下来的幽光与暗影

鱼骨的天空

寂静的月亮站在天井,它神仙般的声音
撒满嘈杂的人间,人们在街道倾听霓虹的喧哗
暴发户带来的欲望,占卜者用八卦测着人生
钟表匠校正笨拙的卡钟,潮湿的雾在旷野
扒手们挤上短途客车,剖鱼少年脸上的微笑
他的尖刀剥去鳞片,抽出生活细小的腥线
危险而美丽的南方,流浪汉、工厂、祠堂
美丽少女站成巷口的风景,台风、外乡人
油腻的小餐馆,雾气弥漫在路灯下
厨师的铁铲翻炒野狗肉与蚌蚬,那螺状的
汤汁浮着辣椒与白色蒜头,狭窄的小巷
伸出鱼骨般的天空,划破天空的电线
在众人虚构的南方,我游离于工业区
在黄昏,我与落日一起走进夜晚
在油漆剥落的出租房铺开绚丽的梦
在街边,有轮令人不安的月亮
它没有表情地照耀城中村

变迁

我用明亮的铁具来收纳奢侈的生命
在街道转角的时间皱褶里
等待布满电线和星星的天空裂开
倾倒出古老而朴素的晨光
黎明让我宽恕了湿冷的黑夜
铁块上没有哲学、审美、文化
我用钻孔机在铁上钻出白日梦
在油渍的机台留下爱情的悲欢
它们微小，伤感，像飞落的铁屑
它们完整，无限，像壮丽的山河
我习惯从狭小的空间里观察世界
一颗高悬的星星遍布人间的沧桑
它孤立的微光留下变迁的絮片

铁路桥

铁路桥:一只钢铁的飞鸟穿越东江
它钢铁的羽翼,压住远行的铁轨
从它的胸腔喷射而出的城际火车
蔚蓝的天空突然静止,暴怒的眼
两岸的栎树幻化为沉默的石头
十月喧哗如流水与城堡,海港的台风
醒着的星宿漂浮在高大的楼群上
光的巨爪紧紧抓住蓝色合金屋顶
异乡影子如巨大铁锚,岸淹没在水中
繁华与喧哗的小镇,舒展筋骨的梦
突然站立,桥在急促的阳光里行走
飞鸟用晶亮的眼与翅膀涂抹宽阔的河流

碎片

一些碎片在另一些碎片中破裂
一些时间在时间里凝固,白昼从黑夜分离
喉间的绿树枝在鸣叫,雪在雪上翻卷
铁钉被钉在铁钉间,盐在海水中结晶
炉火在炭里燃烧,太阳落进黎明的镜里
河流飞向云层,鱼群在大街歌唱
梦穿越鸟的幽暝,水跨过石的波浪
雨融化水泥地板,在暮色的牧歌里
寒溪穿过高耸的楼群与女工名字
她们告诉我许多梦的地址和清晰的眺望
我用忙碌的脚步拾起凤凰大道的星星
被风吹拂的天空,川流不息的人群
寒溪、五金厂、白色的楼群,它们涌进
我的鼻孔,我看见蜗牛在云层蠕动
这些事,过于遥远,像我眺望的人生

词语

在纸上用词语探照着矿井,一颗饱含
生活矿石的井,光滑的井壁直伸入
汹涌的河床,在命运的起落升降中
运出乌黑的铁矿石,这些词语越过
树木、峡谷、平原的村庄,我的胸腔
已塞满了铁矿石,敏感而脆弱的
心,拒绝着工业时代的梦,我不知道
这些矿石将被锻打成枪支、子弹,还是螺丝
齿轮、菜刀、锄头、电视机的零件
它们是给世界带来灾难还是荣幸
它在地下,曾有过像鸟一样飞翔的美梦
如果这样,就把它钉放在飞机的某处
耀眼的欲望的矿井,从地下
送来煤与油,改变了自己和世界
这些词语像树木生长出柔软的枝条
在纸上构成浓荫,饱含热烈暴涌的汁液
这隐忍而原始的生命,对生活充满了感恩
这些词语是爱,倔强而明净
朝着生活的矿井,一点点前进

感恩

这些驱逐黑暗的路灯,它们的光线
饱含人类湿润的智慧,安慰着黑夜
行走的人,它们怀揣着祖先古老的梦
照耀黑夜中的劳动者跟工业时代的繁荣
走过连绵不断的街道,身旁的寒溪水
潺潺不断流入遥远的大海,岸边的树木
跟花草,它们弯腰,谦卑地交谈
蔬菜市场在灯光中卸下一天的繁忙
工人来这里憩息,恋人在树荫下交谈
远处的荔枝林间漫起了虫鸣,石头长椅
温柔敦厚地从疲惫间浮起,坚韧、闪烁的
萤火虫在规划地草丛里飞舞,它们对生活
充满感恩,用生命挤出钻石样的光
点亮了人群对星辰的记忆,有风吹拂
道旁树,它摇动的阴影,带着热爱
它们寂静,隐秘的低语相互安慰
有些孤洁而惆然的心,我,高速运转
机器上的螺丝钉,站在浓荫下
向每一缕光线学习智慧,学习沉默
学习感恩中用光亮驱赶着黑暗

辑四：产品叙事

产品叙事

一是从弯曲的铁片开始，从村庄、铁矿、汽车、轮船、海港出发，丢失姓名，重新编号，站在机台边；二是弦与流水线，悸动的嘶叫，疼痛在隔壁，铝合金，图纸，面包屑，线切割机，熟悉的汗水，塑料纸箱的欢乐与悲伤；三是白炽灯下苍白的脸，工卡，弹簧，齿轮，卡边，冲压的冷却剂，防锈油，沉寂的加班；四是证件，合格形状，外观打磨，三千度的炉火抽打冷却，热处理的加班费，或者炒鱿鱼的雨滴，左交右错的身体在沙漏中呈现；五是暂住证、健康证、未婚证、流动人口证、操作资历证……它们排队，缄默着，压着一个个蛇皮口袋跟疲倦的脸；六是螺钉，苍白的青春手臂，欠薪罚款，失调的月经，感冒的病历，涧落的眼神，大海辽阔的乡愁，吊灯里的噪音，漂流在远方城市和河流上的工资单；七是方言的机器和宿舍，湖南话在四川话的上铺做梦，湖北话跟安徽话是邻居，甘肃话的机器咬掉了半截江西话的手指，广西话的夜班，贵州话的幽暗，雨水淋湿云南话的呓语和河南话的长裙；八是线形的油条，块状的方便面，菜汤里城市的形状，铜质面具，挂钩，合格单，一块五毛钱的炒米粉，辣椒酱，含有色素香味剂的可乐；九是伏在故事与童话中的爱情，同居的出租房，没有钥匙的门，上铺的铁梯子，医院的消毒水，避孕药，分手的泪腐蚀的肉体，没有根的爱情誓言；十是回乡的车票，一道门或者坎,洛阳纸贵或者身份来历不明的车票,挤在过道厕所,踮着,压着,你一直想在车厢或者世界找个位置好好活着,爱着,老去。

黄麻岭

我把自己的肉体与灵魂安顿在这个小镇上
它的荔枝林,它的街道,它的流水线一个小小的卡座
它的雨水淋湿的念头,一趟趟,一次次
我在它的上面安置我的理想、爱情、美梦、青春
我的情人、声音、气味、生命
在异乡,在它的黯淡的街灯下
我奔波,我淋着雨水和汗水,喘着气
我把生活摆在塑胶产品、螺丝、钉子
在一张小小的工卡上……我的生活全部
啊,我把自己交给它,一个小小的村庄
风吹走我的一切
我剩下的苍老,回家

工业时代

美资厂的日本机台上运转着巴西的矿井
出产的铁块,来自德国的车刀修改着法国的
海岸线,韩国的货架上摆满了意大利的标件
比利时在角落等待出售,西班牙跟新加坡
在检测,俄罗斯被搬运工放入仓库,非洲
站于露天场的原料,智利的订单如它的国土
那样狭长,我的四川方言有些守旧,湘西话
更难听懂,福建的闽南话跟台湾人交谈
粤语的香港只是停靠站,如果我愿意
把印度、阿富汗、巴基斯坦安排在
澳大利亚附近,伊拉克和美国紧靠着
以色列搬运到加勒比海众国中央
英国与阿根廷握手,日本和墨西哥并立
在这个工业时代,我每天忙碌不停
为了在一个工厂里和平地安排好整个世界

钉

有多少爱,有多少疼,多少枚铁钉
把我钉在机台、图纸、订单
早晨的露水,中午的血液

需要一枚铁钉,把加班、职业病
和莫名的忧伤钉起,把打工者的日子
钉在楼群,摊开一个时代的幸与不幸

有多少暗淡灯火中闪动的疲倦的影子
多少羸弱、瘦小的打工妹在麻木中的笑意
她们的爱与回忆像绿荫下的苔藓,安静而脆弱

多少沉默的钉子穿越她们从容的肉体
她们年龄里流淌的善良与纯净,隔着利润
劳动法、乡愁与一场不明所以的爱情

淡蓝色的流水线上悬垂着的卡座
一枚枚疼痛的钉子,停留的片刻
窗外,秋天正过,有人正靠着它活着

铁

小小的铁，柔软的铁，风声吹着
雨水打着，铁露出一块生锈的胆怯与羞怯
去年的时光落着……像针孔里滴漏的时光
有多少铁还在夜间、露天仓库、机台……它们
将要去哪里，又将去哪里？多少铁
在深夜自己询问，有什么在
沙沙地生锈，有谁在夜里
在铁样的生活中认领过去与未来

还有什么是不锈的呢？去年已随一辆货柜车
去了远方，今年还在指间流动着
明天是一块即将到来的铁，等待图纸
机台、订单，而此刻，我又在哪里，又将去哪里
生活正像炉火般燃烧着，涌动着
我外乡人的胆怯正在躯体里生锈
我，一个人，或者一群人

和着手中的铁，那些沉默多年的铁
随时远离的铁，随时回来的铁
在时间沙沙的流动中，锈着，眺望着
渴望像身边的铁窗户一样在这里扎根

他们

我记住的这些铁,在时光中生锈的铁
淡红或者暗褐,炉火中的眼泪
我记住的机台边恍惚而疲惫的眼神
他们的目光琐碎而微小,小如渐熄的炉火
他们的阴郁与愁苦,还有一小点、一小点希望
在火光中被照亮,舒展,在白色图纸
或者绘工笔的红线间,靠近每月微薄的工资
与一颗日渐疲惫的心

我记得他们的脸,混浊的目光,细微的战栗
他们起茧的手指,简单而粗陋的生活
我低声说:他们是我,我是他们
我们的忧伤、疼痛、希望都是缄默而隐忍的
我们的倾诉、内心、爱情都流泪
都有着铁一样的沉默与孤苦,或者疼痛

我说着,在广阔的人群中,我们都是一致的
有着爱、恨,有着呼吸,有着高贵的心灵
有着坚硬的孤独与怜悯

机器

那台饥饿的机器,每天吃下铁、图纸
星辰、露珠、咸味的汗水,它反复地剔牙
吐出利润、钞票、酒吧……它看见受伤的手指
欠薪,阴影的职业病,记忆如此苦涩
黑夜如此辽阔,有多少在铁片上生存的人
欠着贫穷的债务,站在这潮湿而清凉的铁上
凄苦地走动着,有多少爱在铁间平衡
尘世的心肠像铁一样坚硬,清冽而微苦的打工生活
她不知道,这些星光,这些有着阴影的事物
要多久才能脱落,才能呈现出那颗敏感而柔弱的心
拖在背后的巨大的机台,沉郁而隐秘的轰鸣
像爱,像恨,像疼,像隐秘的月光在钢铁间
长出生命的线索,它嘶鸣着,衰老着
它老化的血管浸泡着岁月的锈
命运像那双弱小而柔软的手,在坚硬机台上
安静地生活,它蓝色的火焰照耀你疲惫的脸庞

生活

你们不知道,我的姓名隐入了一张工卡里
我的双手成为流水线的一部分,身体签给了
合同,头发正由黑变白,剩下喧哗、奔波
加班、薪水……我透过寂静的白炽灯光
看见疲倦的影子投射在机台上,它慢慢地移动
转身,弓下来,沉默如一块铸铁
啊,无语的铁,挂满了异乡人的失望与忧伤
这些在时间中生锈的铁,在现实中战栗的铁
我不知道该如何保护一种无声的生活
这丧失姓名与性别的生活,这合同包养的生活
在哪里,该怎样开始,八人宿舍铁架床上的月光
照亮的,是乡愁,机器轰鸣声里,悄悄眉来眼去的爱情
或工资单上停靠着的青春,这尘世间的浮躁如何
安慰一个孱弱的灵魂,如果月光来自四川
那么青春被回忆点亮,却熄灭在一周七天的流水线
剩下的,这些图纸、铁、金属制品,或者白色的
合格单、红色的次品,在白炽灯下,我还忍耐的孤单
与疼痛,在奔波中,它热烈而漫长

工业区

白炽灯亮着,楼房亮着,机器亮着
疲倦亮着,图纸亮着
这是星期七的夜晚,这是八月十五的夜晚
月光亮出了一轮空白,荔枝林中
清风吹拂着体内的素白,多年沉默不语的
安静,常绿草丛里的虫鸣,一城的灯火亮着
工业区里,多少方言,多少乡愁
多少微弱与单薄置身其中,多少月光照耀
星期七的机台与图纸,而它在上升
照着我的脸,慢慢落下来的心

多少灯在亮着,多少人在经过
置身于工业区的灯光,往事,机台
那些不能言语的月光、灯光以及我
多么渺小,小如零件片,灯丝
用微弱的身体温暖着工业区的繁华与喧哗

而我们有过的泪水、喜悦、疼痛
那些辉煌或者卑微的念头,灵魂
被月光照耀、收藏,又将被它带走
消隐在无人注意的光线间

零点，雨水

零点雨水沿着失眠的铁皮笼降临，它们像一群
羽毛蓬松的鹭鸟撒下一百台机器的呻吟
零点的雨水不想睡眠，他们在机台边
淅淅沥沥地下着，钉状的、块状的、线形的雨水
贴上了标签，黄色的来自美国，绿色的来自法国
灰色的日本，淡蓝的意大利……交错着，重叠着
与我，一个四川女工，凝望、回忆，零点的雨水
跟我有相同的姓名——漂泊，它们等距离地排列
它们低声说过，图纸、计算机、零件、铁钉，它们沉默
像一个年幼的哑巴，零点的雨水，在手上、腿上
脸上、思念上、睡意上……落下，它们尖如卡钟的嘴
有着铁的肠胃，密密麻麻吞食着爱恋、青春、时间
它们是赤橙黄绿青紫，是一个寻找家的名词，雨水走着
在我的血液，它们是一个外乡的寄宿者，从深夜梦境
飘过来，我必须伸手接住它，接住它和我的脆弱
呓语、眺望，我们在异乡的深夜，有着同样的潮湿
同样繁花似锦的童年，同样铁黑的静默，零点雨水
我与它深情地对视、交谈，只有我们自己才能听见

车间

在锯,在切割
在打磨,在钻孔
在铣,在车
在量,在滚动
在冷却,在热处理
在噬咬,在切断
在刻字,在贴标签
车床在,锣床在
刨床在,叉车在
线切割机在,量尺在
马达在,冷却剂在
微分卡在,塑料布在
标签在,创口贴在
电线在,白炽灯在
云南白药在,工卡在
五分钟时间上厕所的放行条
两分钟的开水房
扑面而来的胶水味、苯味
铁锈味、油泥味、汗味、体臭味
狐臭味、烧焦的包装袋味
她们无法翻越的睡眠
弯曲的、长条的、折叠的

片形的、方形的、薄的
厚的、圆形的、块状的
成品、半成品
修理品、报废品、零件
重放、堆栈、摆置、打包
它们听见，轰
哧，噗
吱，嘶
咚
咚，咚
咚，咚，咚

加班

冷却机台的铁它红色的光芒印亮绿色的开关,白炽灯干
　净而纯粹的照耀
蓝工卡上一条睡眠的鱼游过,水声喧哗而嘈杂,睡意靛
　青出一片潮涨

潮涨,她黑色的长发卷起银白的骨头里的倦怠,她机械
　的手指捂住
饱满丰盈的橙色产品,巨大的绿色标签盖在她的青春
　上:合格

铁

铁。十匹马力冲撞的铁。巨大的热量的
青春
顶着全部孤独的铁,亚热带的棕榈,南方的湿热

纸上的铁,图片的铁,机台的铁,它们交错的声响
打工
它轰然倒下一根骨头里的铁,在巴士与车间,汗水与回
忆中停顿的铁。弯曲的铁
一只出口美国的产品

沉默的铁。说话的铁。在加班的工卡生锈的铁
风吹
明月、路灯、工业区、门卫、暂住证,和胶布捆绑的
铁架床,巨大的铁,紧挨着她的目光
她的思念。她的眺望。她铁样的打工人生

流水线

在流水线的流动中,是流动的人
他们来自河东或者河西,她站着坐着,编号,蓝色的
　　工衣
白色的工帽,手指头上的工位,姓名是A234、A967、
　　Q36
或者是插中制的、装弹弓的、打螺丝的

在流动的人与流动的产品中穿行着
她们是鱼,不分昼夜地拉动着
老板的订单、利润、GDP、青春、眺望、美梦
拉动着工业时代的繁荣

流水的响声中,从此她们更为孤单地活着
她们,或者他们,相互流动,却彼此陌生
在水中,她们的生活不断呛水,剩下手中的螺丝、塑
　　胶片
铁钉、胶水、咳嗽的肺、染上职业病的躯体,在打工的
　　河流中
流动

流水线不断拧紧城市与命运的阀门,这些黄色的
开关、红色的线、灰色的产品,第五个纸箱

装着塑胶的灯、圣诞树、工卡上的青春、李白
发烫的变凉的爱情,或者低声地读着:啊,流浪

在它小小的流动间,我看见流动的命运
在南方的城市低头写下工业时代的绝句或者乐府

穿过工业区

高大的厂房,这些时代的巨轮。鼓荡着
时代的风景,城市豹子的歌声,钢铁迅速
定型成轮状的、块状的,或者细小的元晶
燃烧着时代浑厚的气息,它们即将
进入车站、海港、货厢车、远洋轮
抵达的是北美、南非、欧洲或者东京

时代之铁之铜之金之塑胶之布匹
在这里铸、镶、熔、剪、裁……定格成
生活需要的肌肉,丰满而有力的肌肉
带着这个村庄的体温,以及它亚热带的智慧
在车床、刨床、模具、注塑机、缝纫机上洗礼
剪断、成型,它们的尺寸、光亮反复地检验
成为轮子、螺丝、胶片、玻璃镜、衣袖……它们
反复在寻找、组合,成为不分离的夫妻
兄弟、父子,成为汽车、计算机、时装、鞋子

它们印上"MADE IN CHINA",沿着丝绸之路
或者郑和之洋出发,带着瓷的精致,绸的柔软
一个沿海村庄的激情,从流水线、机台出发
带着外乡女工青春的温度,一个搬运男工汗水的
热量,带着黄麻岭的阳光和雨水,抵达巴黎、伦敦

圣彼得堡、佛罗伦萨或者纽约、芝加哥，抵达黄种人
白种人、黑种人的衣、食、住、行、用或者娱乐

穿过工业区，穿过亚热带的树林，穿过光明和
幸福，穿过草木与花朵，机器与锅炉，发电机与高压线
穿过外来女工的交谈与歌唱，穿过工装的劳动者与
西装的经营者，穿过我绿色的乡愁，穿过劳动
与沉思，一些阳光正照在工业区上方的字上
年轻人，快！朝着世界的方向奔跑

在电子厂

一

在桥沥（高速公路与一级公路交叉处，
盆景中的常绿植物，大雨积水洼地）
黝黑的园艺工人尘土似的生活
高速巴士、货车，它们驮着时代快速
转动，黑色的沥青道，白色的斑马线
冬青低矮似流水线工人，低头忧郁地
走过，暴雨冲刷着生活的尘埃与不幸
他们谈论着数年未涨的工资，他们谈论着
跳槽、双休日、加班费，他们谈论着
欲望、喜悦、悲伤，但他们决不会
像我一样，沉浸在莫名的自卑中
谈论着人生的虚无，细小而无用的忧郁

二

被剪裁的草木，整齐地站在电子厂
白色工衣裹着她们的青春、姓名、美貌
被流水剪裁过的动作、神态、眼神
这是她们留给我的形象，在白炽灯的
阴影间忍受年轻的冲撞、螺丝、塑胶片

金属片是她们的配音演员,为整齐的动作
注上现实的词句,肉体无法宽恕欲望
藏在杂乱的零件中,这细小的元件
被赋予了庞大的意义,经济、资本
品牌、订单、危机,还得加上争吵的
爱情,可以肯定在电子厂,时代在变小
无限地小……小成一个合格的二元管

三

钻孔机在铁上钻着未来,美梦从细小的
孔间投影,红色的极管,绿色的线路
金黄色的磁头间,它们的小,微小
我们在每一件小事或者庸常中活着
啊,活着,小人物,弱小者,我们
活着的,不远处来来往往的人群
他们活在我的诗里、纸间,他们
庞大却孱弱,这些句子中细小的声音
这颗颗脆弱的心,无法触及庞大的事物
啊,对于这些在无声中活着的人
我们保持着古老的悲悯,却无法改变
时代对他们无声的冷漠与嘲讽

木棉

一

时光像木棉,一天老一寸
弯曲下来的膝与灵魂,在这有些肮脏的
地方,还需要保留一点点干净,无名池塘的
女人和我都一样,从远方来这里
有着莫名的忧伤,为了生活的遭遇
我来到这座有些混乱的城中村
它像一条腐败的鱼,腥臭浮满我的内心
我无法分辨路旁的木棉花淡淡的芬芳
它们开着红色、灰白的花
远处的无名山峰摇晃
混浊的事物沉浸于它们懦弱的命运
它们塞满内心的小怨恨,不敢说出
也不敢表达,在肚中发酵、膨胀

二

命运反复地折磨着我,暴烈、明亮的部分
被木棉的暗影吞噬,爱与恨变得轻盈
空壳的肉体将自己玷污,对于庞大的事物
我像一颗废弃的螺母,被磨损,不再啮咬住

转动的机台，躲在某个角落打量、沉思
路灯下的木棉浓郁的阴影，它柔软的枝条
压低一群人的命运，像梦魇压着清瘦的少年
路灯下的女人，她们相互交谈着有些
颓废的人生，在忙碌的五金厂的轰鸣声中
少年过着油腻而嘈杂的生活，他拇指的伤口
无法虚拟机器时代的命运，他被动地融入
机器中，成为某颗紧固的螺钉

三

古老而苦涩的杨柳，把它灼热的梦
伸进无名池塘，塘畔倚栏交谈的人
用扳手、改刀扶起逐渐衰弱的希望
她软弱的哭泣与悲伤有些陈旧，内心
有着一团团光明，机台上的微光照亮
怯弱的心，瘦弱的身体饱含着苦涩的力量
从深渊似的眼神里测量着孱弱的命运
韶华将逝，她无法分清自己是幸是不幸
卑弱的生命对万物默默关心，她遥望着
远处的大海，越过梦境，微弱的希望被
点亮，她独自重复自己伤感的命运
五金厂的炉火，照亮她的脆弱
她身体里藏着清晰而自卑的乡村

四

有时,我路过附近市场的繁华
琳琅满目的商品与行人,厂房里高大的
排气烟筒,三十年前的乡村已面目全非
剩下庭院的木棉描述旧日的场景
它像一个从旧时代返回的旅人,在树下
还有着农业时代的锄头与铁锹,敏感
柔软,沉郁的木棉下工业楼群的阴影
失业者的脸上隐藏了对资本的怨恨
他的失望无法恰如其分,他的不幸
有着酸的嫉妒,这么多年,他变了
他用时间在内心造出一座城府
在府中,他是唯一的主人

颤抖

大地的疼痛与颤抖,打桩机将钢管
插进它的心脏,敲打的轰鸣声空旷、决绝
空旷的天空有鸟恍惚地飞过被剐削的山坡
它抹露出来黄土,雨后,被洗涤过的天空
湿漉的草叶,等待砍伐的荔枝树
跟随打桩机的节奏战栗,我经过工地
大地把疼痛与颤抖传给我,从脚到头
从肉体到灵魂,我颤抖不停

铁钉

在炉中,她把自己熔铸成一颗铁钉
在墙上安置好它有些落寞与冷清的
下半生,主人在她的身上悬挂着
塑料袋,袋中是青菜、香葱、鸡蛋
油腻的肉块,她在缄默中接近生活
时光在她的身上生锈,光泽的年华
变成枯黄、暗红,她不说话,即使
回忆不断把她带进曾经火热的往昔
本来可成为运转的机台,却不留心
变成了一枚小小的铁钉,像隐形人
站在墙上,目睹生活的庸常,但是
内心真正的庸常,对于生活,它还
不那么绝望,相反,热爱着生活的
平淡,主人间喋喋不休的争吵或者
谈话,她已甘于日常的平静,半截
陷身于墙间,时间一点一点积蓄着
锈一点一点吞噬着,每天,还接受
锃亮的铁器嘲笑,伟大的上苍把它
铸造成一枚铁钉,人生已是失败
现在她被固定在墙上,这更是不幸
但她从不怨恨,她满怀宽恕地接受
命运,她知道生比死更勇敢而平静

剧

她从身体中抽出一片空旷的荒野
埋葬掉疾病与坏脾气,种下明亮的词
坚定、从容、信仰,在身体中安置
一台大功率的机器,它在时光中钻孔
蛀蚀着她的青春与激情,啊,它制造了
她虚假的肥胖的生活,这些来自
沉陷的悲伤或悒郁,让她浸满了
虚构的痛苦,别人在想象着她的生活
衣衫褴褛,像一个从古老时代
走来的悲剧,其实她日子平淡而艰辛
每一粒里面都饱含着一颗沉默的灵魂
她在汉语这台机器上写诗,这陈旧
却虚拟的载体。她把自己安置
在流水线的某个工位,用工号替代
姓名与性别,在一台机床上刨磨切削
内心充满了爱与埋怨,有人却想
从这些小脾气里寻找时代的深度
她却躲在瘦小的身体里,用尽一切
来热爱自己,这些山陵、河流与时代
这些战争、资本、风物,对于她
还不如一场爱情,她要习惯
每天十二小时的工作、卡钟与疲倦

在运转的机器上裁剪出单薄的生活
用汉语记录她臃肿的内心与愤怒
更多时候，她站在某个五金厂的窗口
背对着辽阔的祖国，昏暗而混浊的路灯
用一台机器收藏起她内心的孤寂

声音

这些我听见的声音，僵硬、垂直
像巨大的铁锤落在铁砧板，咚、咚
这些低声的啜泣，悲伤、臃肿、沉闷
啊，我们走着，奔跑着
缓慢地，不由自主的命运
我转身听见的声音，像一块块被切割的铁
圆形、方形、条状……我无法说的铁
它们沉默，我们哭泣，生活的铁锤敲着
在炉火的焰与明亮的白昼间
我看见自己正像这些铸铁一样
一小点一小点地，被打磨，被裁剪，慢慢地
变成一个无法言语的零件、工具、器械
变成这无声的、沉默的、黯淡的生活

爱

我无法说清楚的爱,它确切的形状
大小、图案,它起伏如同山陵、河流、旷野
此刻它是螺丝钉、扳手、十字刀,炉中
三千多度的火烘烤着生活的绿意,激情
背后是巨大的机器,游荡着的失业者
公园里的莺鸟,图纸的弯曲线,角度
是不远处那些撤回喧哗的海,树木与礁石
你缓慢照亮我的生活、肉体、灵魂
用方言,不可捉摸的远方与未来
我用机台、诗歌、制品、姓名与你交换
我的困窘皱缩于八人宿舍的某个枝丫
被青白的晨光照亮,那么多人从远方来
带着玫瑰色的美梦,忘掉不可思议的
痛苦与往事,那么多事物历经多年
已不再是它本身,记忆却还
以它旧日的形象重现,生活的藤蔓上
结满了葡萄,而我却没有找到爱来酿酒
只剩下这些越来越淡的诗歌在车间的噪声中
生长,剩下青春,像退潮的海浪从视线中消逝

色与斑

她们沿着褐色的机台，走在五金厂的灰色间
手持着青葱的青春，白色的图纸贴着
晨光的黄，在晃动
新的一天投影在淡蓝的墙上
有人听见蓝色的哭泣在月色里，一声
哭出了一片枯黄思念的秋色
温暖的阳光照亮了她
宽阔的、静谧的身影
蓄满了银白的铝与镍，缓缓倾注着
红色的合格纸片，暗绿的爱情
瓦蓝的天空那么安静
它盛放着一个异乡女子在黄麻岭的人生

深夜三点

在睡梦中喝够了星辰与机器的轰鸣
无声的夜吞没了多少万户紧闭的乡村
深夜三点,机台上的白炽灯漂白多少
将尽未尽的记忆与尘世,那个
睁大眼睛的劳作者:她手中的钉钩
塑料片、牙针,连同不知疲倦的机台
牵引着她苟延喘息的困倦与寂静
磨合着,机器砸在辽阔的黑夜中
转身过来的寥落的回声,在奔波
被黑夜模糊,剩下疲惫的身影
站在苦涩的穷尽处,向黎明弥漫
启明星袅袅升起,黝黑的荔枝林间
多少条内心积蓄着疼痛与幸福的幽径
再次呈现,她目睹青春沙沙地消失
像一块锈迹斑斑的铁,加剧腐蚀着

水流

我记得的河流,它叫寒溪
空空的响声里,在乌云下的黄麻岭径直流出
它很旧的样子,漆黑、油腻,像穿旧的工服
我听见水响,在黑色的铁桥下,它摇晃着
被工业区的机器声带向远方

去年,已随着它入海,荔枝林间
青葱的树叶将它照得发亮,有鸟在水边
照见它羽毛里的忧伤,这只来自外乡的鸟
触摸到肉体里的忧伤。铁桥从它的躯体上走过
像去年的时光,断断续续的疼痛
被树木和虫子们收藏

风吹草木,吹着它肉体的忧伤
风吹弯曲道路……岁月还在喧嚣着
我在五金厂,像一块孤零零的铁站着
从去年到今年,水流在我身体里涌动着
它们哗哗的声响,带着我的理想与眺望
从远方到来,又回到远方去
剩下回声,像孤独的鸟在荔枝林中鸣叫

水流漫步走向夜晚,我向它
寄存一颗异乡人孤独的心

银湖公园

散落的阴影,鸟声擦亮的午后
开花的荔枝树,微小的翅膀吹过湖面
它的宁静照亮我内心的喧哗。左边的工业区与
右边的出租房,四川方言与日本机台的中间
是沉默的凤凰大道,我坐在荔枝树下
练习着沉默,沿着蓝色大楼荡漾的光
它们清澈,充盈,顺着银湖的大理石小径
投在手上、头发上、内心间,它们闪亮如斯
寂静的生活,或者我的休息日的世界
只有银湖的喷泉在优雅地响着
我知道,这些水声将被时光带走
剩下寂寞的石头在寂静中枯萎

给许强

如果命中注定我们像过客
经过一个又一个地方
这些年,城市在辉煌着
而我们正在老去,有过的
悲伤与喜悦,幸运与不幸
泪水与汗,都让城市收藏砌进墙里
钉在制品间,或者埋在水泥道间
成为风景,温暖着别人的梦
如果我们还在纸上缅怀着
如果不幸的疼痛还在传递着
从我们身上传递到我们的弟妹或者后代
这些散淡的诗句会像春天的雨水
在我们老去的记忆中下着
那是我们的悲伤,在倾诉
也是我们的幸福,在低语

灯光

黄昏中,点亮的灯火照耀
这个南方的村庄,点点滴滴的路灯
温暖着异乡人一颗在风中抖瑟的心
我说的爱、铁片、疼、乡音,它们
潜伏在我的脚步声里,荔枝叶间
它们起伏着,战栗着,摇晃着
像那个疲倦的外乡人,小心而胆怯
你从来没有见过这么胆小的人
像躲在浓荫下的灯光一样
我爱着这尘世生活,忙碌而庸常的黄麻岭
风张开翅膀,轻轻吹过五金厂、纸品厂
毛织厂……一直地吹,吹过冬天开裂的手掌
吹过路灯下涌动着的漂泊者的爱情
他们的情话让我在缭乱的生活中
想起闪亮的温情,我缄默的唇间
战栗着,那些光、那些生活会漫过
我的周身,它在我的肩上拍着
——热爱着这平静的生活吧

五金厂

这铁质的五金厂生活多么清凉,荔枝花开
炉火明亮,风景这边独好。银湖公园,青草铺地
白玉兰或者紫荆花沉默不语,我在五金厂写诗
切割着疼痛的铁片,怀念远方,天晴晒好被子
下雨收拾衣服,风沿着凤凰大道散步,等朋友从远方
寄来的信件,光阴洒向窗台,落日布满对街楼群的
蓝色玻璃,剩下的岁月正朝着前方行走,我埋头
打开机台,清点制品。桐木岭上,许多鸟儿
长鸣,它们在风里飞过,我预感到时间正在流逝
啊,在五金厂繁忙的劳作间,我忘记了时间
它们是何天、何月、何季、何年,我已记不起

那些时光随萧萧落木而下
朋友渐渐离散,多少次升起的惆怅
无从说起,只有我蓦然回首
才发现我的悲伤比电信大厦还高傲
在诗句中写着爱,流逝的青春,渐老的命运
低头饮泣着它们带来的疲惫

工艺品

来自非洲的木头,背后闪烁着一张饥饿的黑面孔
来自美洲的铁块,背后有一颗被黑帮砍死的心
来自西亚的机油,有一双蒙着纱巾的眼睛
在亚洲的工厂,我将艺术地处理它们
用欧美的花纹,配上德国的机床
用日本的砂纸打磨这些难看的部分
那些被禁止砍伐的木头,或者失去家园的动物
允许停留在纸上的环保,我小心翼翼剖开
非洲的雨水、斑马、雨林、鳄鱼,将木头与它们
分离,让它们有古典的花纹与美,用法国的时尚
布装结构,美国的油漆涂抹掉原来的面孔
将它从一棵树、一块矿石变成艺术的幻想
用日本的刀具削出它们的风雨、滴露、阳光
广告在推出它的造型、工艺、传承
它们被艺术地打磨,在工厂,被装配的一幕
我的劳动让这些木头、铁器变成艺术
我的手闪烁着艺术的完美,追随订单、薪水
加班、工伤,在被处理的制品上,我们忘记了
饥饿的黑面孔,被黑帮砍死的心,蒙纱巾的眼睛
我们通过技艺找到它们通往艺术的路
我知道,我在上面留下的汗水、疲倦、断指
职业病……它的阴影,也将成为艺术品的一部分

尘世

多么幸福的一天,从大街上走过
我学习的热爱、宁静,它们像光线
从我的肩一直漫过头颅,温暖,明亮
在我们彼此的眼里,宽恕是浩瀚博大的
在尘世,我已一无所求,剩下爱与感恩
它们正来临,鸟儿愉悦地扇动翅膀
荔枝树开花结果,啊,那些奔波、疲惫
也清澈如流水,我已忘记了不幸
啊,请原谅,在这样的清晨,面对寒溪
它从远方来,又流向远方,剩下潺潺的鸣奏
回声在清晨绵延,水仙在窗台上开花
蜘蛛在林木中结网,昆虫从青草丛里起飞
我将告诉你太阳正在升起

车床

闪亮的变频器指示灯它蛮力的面孔
机器啮合的喘气,灵与肉的纠缠,奔跑的铁块
与尖利的车刀间,绿色开关隐含某种蛮力的默许

料槽缓慢推动如同草原的小鹿漫步,连杆器与刀具健壮
　　如狮子
它狠狠咬住小鹿,齿痕、掉失的肉片与皮,铁料的嚎叫
铁块有如被攻击的小鹿,绝望而尖锐,它的身体里掉出
　　的铁屑
冷却油,慢慢被削切旋转的月光,慢慢地
颤抖的力与机台,像猛兽碰撞猛兽,溃败者的碎屑
毛发、肉块、血滴……掉落,铁在伤害中
加工了另一块铁,绿色的开关却以某种神圣而隐秘的力
来驱使野兽,令铁料成为
一口钉
一个螺丝、配套的螺母
铁像被自然法则驯养的兽,它们缓慢地成为
驯养人的家禽与家畜,或者模型

金属的台面,被伤害的草原,白炽灯把一块铁
催眠,在机台的心跳频率间,我把发烫的、被驯服的
　　野兽

摆在筐中,这被驯服的、温和的铁
丧失野性的野兽
将被工业饲养成为铁钉、螺母、零件

给予

我给予它,黄麻岭,广东南部一个小小的村庄
给予它黄昏中的光线,沉默的荔枝林,回忆与眺望
给予它晚风中的山岗,月光下的河流,诗句和书籍
给予它我流浪的驿站,露珠和小小的梦想
给予它温暖的呓语,潮湿的画页以及年复一年的怀念
给予它我这个外乡人掩面而泣的遭遇
但是你却不肯给我,黄麻岭,一个南方的村庄
你不肯给我一个家的温暖
在这里,在你的怀里,我只是一个路过的外乡人
哪怕我给你我的青春,一个少女闪光的年华
给你肉体的雪白和灵魂的珠露
给你深夜的睡眠和两点钟月光照在窗前的眺望
给你我生命的激情与宿命的诗歌
但是,黄麻岭,你给我的,只有疼痛、泪水
以及一个外乡人无法完成的爱情

在桥沥

无名山峰晃动,它无法控制住身影
在打桩机的巨响中,一如奔赴大海的河流
闪亮的鳍在阳光里涌动,我知道被挖掘机
剐削的丘陵上,栎树与荔枝,竹子与松树
它们低矮而忧郁的神色,巨大的铁手臂
推土机、重型卡车将一座座小山运走
铁路蜿蜒不断,伸向远处黑夜里的星宿间
饱含着清凉的记忆,留下脆弱而闪亮的光线
白色的厂房,黑色的烟筒,朝天空许诺着
轻烟般的梦,苍白或者昏黄的路灯
它的落寞,并不明朗的黎明
守在工业区上空,站在无名池塘边的
杨柳树,低垂的枝条拂过水面
在桥沥,地图上微小的斑点
我生活的地方,它繁华的市场
嘈杂而拥挤的工厂,我在这里领受着
生活的虚幻与虚荣,远处等待开发的群山
万科城的别墅与楼盘,这些年急于翻新
古老祠堂落拓而冷清,开着米粒花的
荔枝树遭砍伐,庭院中的木棉花充满
莫名的忧伤,池塘的鱼群吞食着腐肉
低矮的老屋灌满了四川或者湖南的方言

无数条道路沿着它的躯体四处延伸
高架桥上的公路急于把未来运到远方
开着粉红的花的植物，蓝色工衣
裹住少女的曲线，她们婀娜的背影
仿佛是春天的气息，我从工业区经过
感觉到莫名的力量将我的生活打开
在打桩机巨大的声响中无名小山晃动
如敏感的心在挖掘机的节奏间扑腾

在铁具上

在铁具上镀上时光的轴线,向后是
深深的矿井,矿工,山中聚满
古老的泪水的月亮,开采权掀起的
波澜,向前是暴君的利剑、刀斧手的
兵器,向左是螺丝、零件、工具
菜刀、图纸、机器,向右是人性、自然
社会、经济、政治。铁器的阴凉
黝色的面孔,它向我说着生存的奥妙
如果悲伤之心陷入怀念,如果肉体里
有个可以暗渡的陈仓,如果它冷的弧线
饱含月亮的圆满,如果把生活放于铁块
在上面钻孔,安置好三室一厅的婚姻
如果……对于细小的弹片,我们的生活
过于沉重,会压垮它的韧性,对于厚的
铁板,我们无法冲破它带来的局促
还有一个机会,你必须把握缝隙间的光线
我们无法窥探的历史背面,它从
铁壁的缝隙投下的真相,多少孤寂的明天
从铁针上砸下,它青色的幻觉伪装出
审判与反思,他抬起手腕看看手表上的
铁指针,还剩下多少时间回忆
切割机灼热的火花,我知道自己内心

怯懦的疾病，需要用铁锻打出锋刃的
解剖刀将它摘除，它们投影在机台上的忧伤
而我感到疼痛，迷茫于生活中的信仰
灼热的轻烟中，倾听铁的战栗
在黝黑与闪亮、光明与虚空之间
铁在我身体里积聚，我将它打造成
一枚铁钉，将我钉在这混浊的岁月

炉火

在三千度的炉火中,我听见钢铁的预言
它说着的快乐与忧伤全都在炉火中燃烧
焰火照亮的爱情让我彻夜难眠,在它的光亮中
我会低声说着,沸腾的炉火,烧尽我的青春
我不想让它被时光来剐削,那样的疼痛在镜子里
我说,烧尽这些纸上的诗句,这内心的激情
我,只愿把自己熔进铸铁中
做既不思考也不怀念的铁
抛弃一个流浪者的乡愁、回忆和奔波的宿命
但是那块淬火的铁掉在地上,又被浇上冷水
它们发出细小而绝望的声音
多像我的青春落在异乡的声响

蓝

一小朵蓝开在天空,倾向于平静
一小朵蓝抵达炉火,询问着内心
更深的蓝在铁片、图纸、沾满油垢的手套上
机器上轰鸣着的蓝,它滑落出一截
小小的春天,对一个人的爱情
像火,在锻打的铁片间,是蓝的
像花,开在窗外的梨树上,是蓝的
它浅颜色的秘密,更远的
荔枝林间,白色的鸟开始叫唤
去年的花落成一片蓝,在我的双眼里
游移。蓝,一些在焊接的火焰,它的身体
在摇晃,我模糊的念头和清晰的内心
生长,盛开一片轻微的蓝在爱里
静谧的蓝是打工生活的另一面,它的轻
它的浅,容易逝去的也容易霜冻的爱
在飘泊中像微暗的蓝照耀着我
除了爱,除了蓝色的星光,叹息
机台上的铁屑、纸片,它们用低低的声音抹去
车间的喧嚣、奔波、劳累。剩下一片蓝在爱里
开出一片憧憬,一个未来的梦境

铁具

灰色的
巨大的钢锭碾过她绿色的梦
砰然轰鸣,摇动
弯曲的铁片跟落在机台上的夕光
她肩胛骨耸起空荡荡的下午
她有过的受孕的绿色的梦
从袅袅升起的灰色铁块穿行而过
无数块在钢锭下变曲的铁
她目睹她只是被挤压的铁中的一块
沿着打工的机台弯曲、成型
在螺母的旋转中
在声光的交织间
她被生活不断地车、磨、叉、铣
她无法拒绝那些巨大的外力烘烤与锻打
最后,她目睹自己被滚烫的钢片烙上
合格

四月

黎明揉进了一滴铁锈的泪水中
她低头听见恍惚的声响

四月在窗外行走,荔枝林开花
紫丁香低于爱情,铁的背阴处
生锈的月亮,一个相信爱的人
举起持久而隐忍的悲伤

往事渐远,记忆斑驳
剩下炉火间的春天
照亮一张图纸上的荒凉与寂寞

这些锈消化着深处的黑暗与细节
晾在机台上的时光正经过,她低矮的想法
在四月长出深绿的眺望,她看见爱躺在
疲倦的工业区厂房里,从四川到湖南
还有更为遥远的想法,它们像产品抵达
一张绿色的合格单,泪水抵达分别

黎明正在灯火明亮的工业区扇动着翅膀
她的心让一点小小的铁锈刨伤,窗外
爱情的露水给四月留下一个明亮的影子

而这一切，让她像铁一样坚硬地守着
一小块在奔波中的爱，一小片将要升起的阳光

除了

除了风中的荔枝林，没有别的能安慰我
除了凤凰大道的灯火，照亮我失眠的乡愁
除了银湖公园的鸟鸣，沿着制衣厂下滑的落日
除了这时升起来的宽阔的寂寞与忧伤，啊
炉火与青春一同软了下去，熄了

我说着的图纸、铁片、流浪的青春
那些有过的幸福在火中燃烧
它微弱的光线照亮了我内心的呓语与失恋

在异乡，我，一个五金厂的女工
还剩下什么啊
除了带着自己日益消瘦的影子奔波
我仅仅目睹岁月的鞭子、枕上的憧憬